走近科学
Approaching science

问 天 记

CCTV《走近科学》栏目　编

上海科学技术文献出版社

图书在版编目（ＣＩＰ）数据

问天记/CCTV《走近科学》栏目编.—上海：上海科学技术文献出版社，2009.1
（CCTV走近科学丛书）
ISBN 978-7-5439-3735-2

Ⅰ.问··· Ⅱ.C ··· Ⅲ.① 电视节目-解说词-中国-当代②科学知识-普及读物 Ⅳ.I235.2 Z228

中国版本图书馆CIP数据核字(2008)第174094号

责任编辑：张 树
封面设计：钱 祯

CCTV走近科学·问天记
CCTV《走近科学》栏目 编
出版发行：上海科学技术文献出版社
地　　址：上海市长乐路746号
邮政编码：200040
经　　销：全国新华书店
印　　刷：常熟市人民印刷厂
开　　本：740X970　1/16
印　　张：11.5
字　　数：163 000
版　　次：2009年1月第1版 2009年1月第1次印刷
印　　数：1-5 000
书　　号：ISBN978-7-5439-3735-2
定　　价：22.00元
http://www.sstlp.com

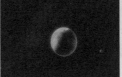

我们眼中的科学（序）

在一个生命科学研究者的眼中，科学，就是实验室中、显微镜下DNA双螺旋结构那种常人难以琢磨的复杂组合。而在2005年年初的印度尼西亚班达亚齐海滩，在那些刚刚从海啸中死里逃生的幸存者心中，科学，就是他们找寻亲人的唯一希望。在这场吞噬了数以万计的无辜生命的灾难过后，无数的人在绝望与希望相互交织的复杂心情中乞问，我的亲人在哪里?他们还活着吗?于是，在炎热的气候下，在散发着臭气的已经不能辨认的尸体上，科学家们小心地提取着可以确认身份的DNA样本，也提取着无数人的泪水与安慰。在这一刻，科学，就是希望的代名词。

在普通公众的眼中，一株雄花退化、不能自我授粉的水稻，就是一株废稻—不能繁殖的水稻能干什么用呢!而在当年只有30岁出头的袁隆平眼中，这样的一株"废稻"简直就是上天恩赐给他的宝贝。因为科学告诉他，只有拥有这样一系雄性不育稻，才能不断地通过杂交，集中优势品种的优势基因，从而极大地提高水稻产量。于是，在同行的怀疑中，在周围人的冷嘲热讽中，在一次次失败的打击中，他坚持下来。在每一个拼搏的日日夜夜，科学使他自信、勇敢，成就了一个"东方魔稻"的现代神话，为解决全人类的粮食问题做出了巨大贡献。在这一刻，科学，就是他最大的财富。

在一个血液科医生的眼中，科学，就是这样一条严谨的定律—造血干细胞移植必须要有六个位点吻合。而对处于生死边缘，必须依靠造血干细胞移植才能挽救生命的一位青岛父亲来说，这条定律对于他就意味着死亡。由于

长时间无法找到合适的干细胞，他的生命只能在家人的痛苦煎熬中等待消逝。然而，科学的严谨不等于冷酷，现实的困境促使科学家们研究出三点配型移植的方法。尽管这是一场如此具有挑战性的手术，但正是它得以让17岁的女儿在最后一刻挽救了父亲的生命。同样温暖的血液流淌在父亲与女儿的体内，在这一刻，父亲布满泪水的脸和女儿灿烂的笑容都告诉我们，科学，是如此的富有感情。

在100多年前人们的眼中，麋鹿—这种被老百姓俗称为"四不像"的动物，是可以被随便打死，然后贩卖骨头以捞取大量银子的牲畜；于是，这种珍贵的动物在中国的土地上彻底消失。而在动物学家的眼中，麋鹿是哺乳纲偶蹄目鹿科的一种珍稀动物，是大自然生态链中不可或缺的一环。于是，100年后，人们历尽艰辛，把它们重新引回到中国大地。我们曾经让太多的生灵永远地离我们而去，但是今天，科学告诉我们，它们是这个地球上与我们平等的一份子，善待它们就是善待人类自己。麋鹿在属于它们的领地中自由地驰骋，在这一刻，科学，让我们的心胸更加宽阔。

科学，研究星体之间无色无形的引力；

科学，寻找我们肉眼根本无法看到的微小病菌；

科学，探索几十亿年地球变化的沧海桑田；

科学，捕捉我们视而不见的点滴瞬间；

科学，离我们如此之远。

然而，在媒体人的眼中，科学就是劫后重生时脸上的笑容，就是揭破谜底后畅快淋漓的心情，就是克服人生困难中无坚不摧的勇气。

科学，有血有肉，有喜有悲；

科学，离我们如此之近。

前　言

张国飞

　　《走近科学》栏目的宗旨是"弘扬科学精神；宣传科学思想；提倡科学方法；传播科学知识"。"科学"便是栏目的灵魂和宗旨，既是我们的出发点，也是我们衡量事物的尺度。对"科学"二字的认识和理解将直接影响到我们节目的创作理念和传播方式。什么是科学？可能不同的人有不同的解释，我们在这里所强调的科学并不是只有超导、纳米、基因、航天才是科学，小到衣食住行，大到外层空间、地球深处、亿万年前、亿万年后都有科学的存在。可以说科学在我们的生活中是无处不在的，它无时无刻不在影响着我们的生活，左右着我们的思维方式。

　　对科普类电视栏目来讲，其关键是怎样理解科学。如果把科学仅仅理解为知识或学问，以此为目的，那科普传播便不二于应试教育—缺乏真正的智慧和科学的精神。涵盖于"科学"之中最重要的两个层面是科学方法、科学精神，没有孜孜以求的科学精神和智慧巧妙的科学方法，科学就难以成就并实现突破。因为对人类来说，科学是生存的手段而非目的，故而我们要做的是用科学的态度去理解科学，实事求是地还原科学。目前，《走近科学》有一个基本的想法，就是把电视传播规律和传播科学知识相结合；因为电视用来表现动作和过程是其最擅长的，而传播系统的、成型的科学知识并不是电视节目的专长。我们希望用比较有效的手段，把科学知识变成一个副产品，把科学态度、科学精神、科学方法作为一个主要产品。

　　众所周知，每个栏目都有它的目标受众群体，有人认为《走近科学》的

传播题材可能会限制其受众构成，影响到它的收视率，甚至还有人认为，《走近科学》是本科以上观众的节目，是给高端看的。持这种看法的人多半对科学的理解过于狭窄，因为科学是无处不在的，"通吃"电视机前的观众应该是《走近科学》的受众定位。孙子曰，"取其上得其中，取其中得其下"，《走近科学》可以带领观众用科学的眼光来解读世界，而无论观众是什么知识层面和年龄阶段的人。有人质疑科普类节目的社会影响力和号召力，但事实上，人的智慧是可以引起共鸣的。思考是人的本性，无论3岁顽童还是耄耋老人，各行各业的人都在自己从事的工作中汲取并发掘着智慧，家庭主妇的生活窍门也是智慧，而电视科普工作者的任务就是把科学工作者在高精尖的科研活动中蕴涵的普遍智慧挖掘出来，这就能够引起观众的共鸣，并产生广泛的影响。

当栏目的内容与观众定位后，接下来所要面对的问题就是用什么样的内容来实现这种定位。在内容上考虑时效是非常有必要的。挖掘时效性强的新闻事件中的科技故事或科学景观可以延续观众对事件的关注，并获取科技层面的解释和认识，这种节目是非常有吸引力的。以前我们觉得科技节目受限于制作习惯、拍摄条件以及制作周期，很难迎合社会热点；但后来我们逐渐意识到新闻时效不仅是指以快速、及时著称的第一时效，还包含着第二时效，可以从新的角度和思路去解读同一个事件，去探究事件背后的更深层次的含义，这样也能体现为时效。比如印度洋海啸期间《走近科学》做了两期节目，相对较长的制作周期决定了我们不可能比消息报道得更快，但我们不再浪费电视资源去报道海啸带来的伤亡数字、时间地点，而是迅速在国内组织访问，分析海啸现象的成因、能量、影响、波及面等等。新闻消息的传播目的是让观众知其然，《走近科学》则希望观众能够知其所以然，这是一种

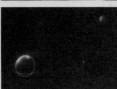

第二时效下的独家报道。

　　什么样的内容表现形式是观众所愿意接受的，是我们在不断思考并始终在探索的一个问题。故事模式的形成是《走近科学》改革的一个重点，"让故事做主"是我们的理念。大家都知道科普节目不容易做，原因在于它很容易形成说教。但实际上，电视的基本功能是消遣、娱乐及传播信息，对于教育的功能，它远不如学校来得直接，因此，说教的形式是观众所不愿意接受的。观众的兴趣、喜好始终是我们所关注的。在内容的表现形式上将通过故事的展开与深入来传播科学知识，并让观众从中理解科学，了解事情的真相。

　　如今，《走近科学》已经得到了观众的认可，在未来的发展趋势中我们将更加尊重人的兴趣，进而拓展人的兴趣。前几天跟一位科学家聊天，他的一席话很有道理。他说人类生存和发展的兴趣点无外乎四个方向：一是财富，人对财富的向往直接导致了技术的产生、运用和提高，没有技术就难以积累财富、难以实现发财梦。比如刀耕火种和机械化诞生于不同的文明，机械化能够创造财富，而刀耕火种只能满足人类的基础需要。二是生命科学，这一兴趣层面主要源于人对自身的好奇。我从哪儿来，我到哪儿去，我的生命构成究竟是怎样的?这是在物质文明高度发达的现代，人类的精神求知欲望的一种传达。三是未知世界和外层空间。人对自身繁衍、生存的星球还很陌生，对历史、未来、外空充满好奇和疑惑。四是人类对交流的渴望。人需要自我交流，人与人之间需要交流，种族与种族之间、民族与民族之间、国家与国家之间、地球人与外星人之间……都需要交流，人类交流的欲望是永恒的。仔细想来，这四个方向完全可以涵盖我们的题材范围。既然观众的兴趣在这里，那我们就立足这四个方面深挖、细凿，层出不穷地发掘细节和新

意，这是节目的生命活力和发展动力。

　　人，不能没有敬畏的心。我们敬畏什么？我们敬畏未来。科学，要大胆假设小心求证，我们的事业又何尝不是如此？逆水行舟，不进则退。《走近科学》还有很多事情需要去做，我希望这个栏目永远处在初始阶段，永远是蓄势待发。只要观众需要《走近科学》，我们就应该坚持去做、去探求。"贴近生活、贴近实际、贴近群众"将是我们的不断追求。贴近生活，要深入生活去体察和感悟，去体会生活的真谛、感受时代生活脉搏的律动；贴近实际，生活在空中楼阁只会使我们丧失对生活的理解，脱离实际做出来的节目不会为人们所关注和接受；贴近群众，只有真正深入生活实际才能体悟广大群众的所思、所想、所需。这样，我们做出来的节目才会让观众喜闻乐见，我们栏目的生命力才会长久。

　　为了感谢观众的厚爱，我们将在新的一年中继续努力，为广大观众奉献出更多的精品节目。

《走近科学》栏目领导

《走近科学》全家福

❦ 太空漫步 ……………………………………………… 001

❦ 问天记 ………………………………………………… 030

❦ 风之战士 ……………………………………………… 037

❦ 代号 221 ……………………………………………… 051

❦ 飞向月球 ……………………………………………… 065

❦ 金镶玉 ………………………………………………… 089

- 护身战衣 ·················· 098
- 解密乒乓 ·················· 105
- 解密羽毛球 ·················· 113
- 速度之鞋 ·················· 120
- 挑战极限之跳高 ·················· 127
- 挑战极限之铅球 ·················· 135
- 挑战极限之自行车 ·················· 142
- 挑战极限之划艇 ·················· 149
- 百刃之君 ·················· 156
- 奥运火 航天心 ·················· 163

太空漫步

中国用于发射导弹、卫星和载人航天的运载火箭充满了神秘色彩，半个世纪以来很多鲜为人知的故事一直处于被保密的状态之中。本文通过访问当年研制的专家和工程技术人员向人们展示代号"1059"的中国第一枚导弹，同时翻开曾经失败过的经历，告诉人们是独立自主的奋斗精神使中国的火箭人创造了从远程洲际到第一颗人造地球卫星等"第一速度"的奇迹。

1984 年 10 月 1 日，中华人民共和国迎来了第 35 个国庆节。按照惯例，庆祝活动是从阅兵式开始的。在西侧的观礼台上，一些驻华使节作为贵宾受邀观看了阅兵式。上午 10 点 45 分，这个原本安静的观礼群体突然出现了骚动，所有人的目光都投向了一个方向。与此同时，广场上爆发出雷鸣般的欢呼声和掌声，甚至盖过了广场上行进的牵引车的轰鸣声——这是中国第一次公开展示自主研发制造的各种型号的导弹。

即使到今天，人们通过电视镜头看到这些已经显得陈旧的影像时，也难免会感到心情激动，更不用说二十多年前通过电视观看现场直播的人们。可以说，那时的人们一定都记得这个光荣而又庄严的时刻。看到我国自行设计生产的武器，浩浩荡荡通过天安门的时候，那种自豪感是油然而生的，就如同今天我们看到奥运健儿站在领奖台上高唱国歌的时候。

当时，整个火箭部队在阅兵式上只有69米的路程，但是这69米的路程却包含了我国几代航天人的心血和努力。谁都知道，这关系到国家的百年大计，关系到我国的国防建设，所以在很长一段时间里，很多相关的细节都处于保密状态。直到二十多年后的今天，我们才有幸得知真相，回顾那段光荣岁月。

在人类历史上最早探索载人航天的，是一个生活在明朝的中国人——万户。他制造了两个大风筝，并将一把椅子固定在风筝之间的构架上，又在构架上捆绑了47支他能买到的最大的炮仗，这就是他设计的"火箭"。当一切就绪后，万户坐在椅子上，命令仆人手持火把点燃了47支炮仗。随着一声轰鸣，"火箭"喷发出一股火焰，试验家万户却在这阵火焰和烟雾中永远地消失了。

对于万户当年的壮举，国际宇航科学院朱毅麟院士说："六百年前的万户只是想飞起来，做一次飞行实验，看看自己能不能上天，我估计他没有太多现代人类的想法。经过几十年的发展，人类知道了太空中的有很多东西值得我们去探讨，所以现在的载人航天和600年前的万户载人飞行实验不可相提并论。"

万户被世界公认为是"真正的航天始祖"。在万户为飞天的梦想献身两百多年之后，英国人牛顿第一个找到了问题的答案。牛顿认为，速度可以战胜引力，他曾经设想，如果制造出一种巨型大炮，也许就能将人类送出地球。

可以说，飞向太空是整个人类共同的梦想，但是要实现这个梦想绝不是一件容易的事情。

中国运载火箭技术研究院火箭技术专家张允中说："最早的航天的事业源

自一百年前俄国人契尔克夫斯基提出的利用反作用原理来进行用火箭发射，使火箭成为宇宙航行的工具，同时契尔克夫斯基本人奠定了这个理论的基础。但是，真正将航天作为一项事业来发展，却和这些国家的军队建设是分不开的。"

20 世纪 50 年代，我国的工业基础还很薄弱，当中国决定发展自己导弹的时候，真正看见过导弹的只有从国外回来的钱学森等人，当时走的也是仿制的路线。

中国科学院院士余梦伦说："航天事业都是各个国家自己搞的，有些重要技术即使有钱也买不来，所以我国一开始是从前苏联引进了低纬弹道，国内叫它 1059。"

1059 是中国仿制 P-2 导弹的代号，而 P-2 导弹是第二次世界大战时期前苏联在德国 V-2 导弹基础上进行改进设计的。经过全国各个行业的支持和努力，仿制工作取得了成功，并于 1960 年 11 月 5 日成功发射。

1059 仿制成功以后，大家都非常高兴，因为是一举取得成功的，这一点很多人都没有想到。这个导弹采用的是我国自行研制的材料，把整个一套"东风一号"导弹，包括一整套地面的系统、各种燃料氧化剂、一整套压缩空气系统等全部研制出来了，而且首发就取得了成功。

今年 85 岁的谢光选院士是中国战略导弹和运载火箭技术的主要开创者之一，20 世纪 50 年代后期就投身于这一事业中。他向记者说起了中国最早的导弹取名"东风"的来历，他说："当时我们研制火箭的时候，用了毛主席的一句话：'东风压倒西风'。我们体会中央的意思是，我国虽然研制导弹，但是我们绝不用它来打人，我们只是为了保卫自己，所以叫做'东风'。"

当时在缺少技术资料和地面试验设备条件的情况下，我国用了一年的时间又设计制造了第一枚"东风二号"导弹。

这是一枚中近程导弹，相对于"东风一号"来说，它是真正独立自主的成果，无论政治意义还是军事意义，它的作用都是举足轻重的。

导弹发射以后，人们的心跟随指挥员的倒计时一起跳动。但是谁也没有想到，仅仅 69 秒之后，成功变成了灾难。

中国运载火箭技术研究院火箭技术专家魏其勇回忆说："火箭发射的时候，我就在现场，亲眼看着火箭往下掉，触地以后一下就爆炸了，那时候心里真难受，感觉就像是自己刚出生的孩子，一下就夭折了一样。"

谢光选院士当时也在场，他说："当时现场很多人都哭了，我们辛辛苦苦把它做出来，没想到才几十秒钟火箭就掉下来了，大家都非常难受。"

发射失败的原因很快就查明了，除了局部设计上的不合理之外，最重要的因素就是缺乏一套科学、合理的航天工程控制系统。

中国科学院院士余梦伦说："1962年的失败对于我们来说是一个很大的推动，大家重新开始思考，弹道应该怎么搞，火箭应该怎么搞？当时在聂荣臻的领导下，我们从基础开始，一切按照科学的规律来做，而不是急于求成。领导说，我们的工作要形成一个金字塔，有大量的基础工作要做。"

中国运载火箭技术研究院火箭技术专家尚增雨回忆说："当时我们一共做了大约17项大型实验，在地面把所有的实验都做透了，有的问题在地面就把它发现了、把它解决了以后，再将火箭送上天。"

1964年6月29日，就在"东风二号"发射失败两年后，我国自行设计的中近程导弹再次发射，这一次终于获得了成功。谢光选院士说："这次我们不仅发射成功了，而且连着发射了好几枚，全部成功，每一枚导弹都在我们预定的精度范围内。"

1966年10月27日，"东风二号"核导弹爆炸成功！

著名的液体火箭先驱罗伯特·戈达德先生曾经说过这样一句话："很难说有什么是不可能的事情，因为昨天的梦想就是今天的希望，也很有可能就是明天的现实。"当"东风系列"成功之后，国家领导人已经意识到，我们不仅可以把它作为武器来使用，更重要的是可以拓宽中国人的视野，把我们中国人运送到外太空去。

航天的发动机和航空发动机是不同的，其最大的区别就在于，航天发动机不需要空气，它自身携带氧化剂，而飞机哪怕飞得再高离不开空气的支持，否则就无法完成良好的燃烧，这就是航天和航空一个本质上的区别。而火箭和导弹的区别又在哪里呢？火箭和导弹从本质上讲是一样的，但是导弹携带了制导系统和弹头之后就成为了武器，而如果导弹不装弹头，不装战斗部，那它就只是一个运载工具，就像一列火车一样，只有把它打到天上去才叫做火箭。

当我国的火箭和导弹都顺利完成之后，国家又开始考虑下一个目标了，那就是卫星。

朱毅麟院士说："航天技术的基础是火箭，而火箭的基础是导弹，我国的导弹和火箭，完全是在自力更生的基础上发展起来的。"

在前苏联发射了第一颗人造卫星之后，中国开始了对人造卫星的研制，但是当时的中国没有运载火箭，就连近程导弹也是刚刚开始仿制。谢光选院士在回忆起当年发展远程运载火箭时十分感慨，他说："1963 年，陈毅部长来到我们那里，当时我还是少校、副主任，陈毅叫我们到了设计总部，他问：'你们啥子时候把洲际导弹拿出来嘛？你们把洲际导弹拿出来了，我这个外交部长说话腰杆也硬了。'说着还拍了拍自己的腰。"

几年以后，我国自行研制成功了"长征一号"运载火箭。

1970 年 4 月 24 日，"长征一号"火箭首次发射成功，将我国"东方红一号"卫星送入轨道。这次发射成功，标志着中国跨入了航天时代。

"长征一号"是在"东风四号"弹道的基础上建立起来的运载火箭，要完成冲出大气层的能力，必须要达到第一宇宙速度。

朱毅麟院士解释说："所谓第一宇宙速度，就是速度不小于每秒 7.9 公里。这个速度相当于每小时两万八千多公里的时速，达到这个速度火箭就不会掉到地面上来。因为地球是圆的，火箭飞出去以后，由于速度足够快，它就能够围绕地球飞行了。"

之后的几年中，我国用于航天的运载工具有了较大的发展：1980 年 5 月 18 日，中国远程运载火箭飞向太平洋；1982 年 10 月 12 日，中国潜对地固体导弹犹如蛟龙出海，经过飞行，落入预定海上靶场；1984 年 4 月 8 日，第一颗实验通讯卫星发射成功。

当我国第一颗原子弹在罗布泊爆炸的时候，举国欢腾，世界为之震动，但是在诸多的声音中，也传来了一种不和谐的声音。有人说："你们中国是有原子弹，但是你们没有枪，没有投送能力，原子弹制造出来只能摆在自己家里炸，顶多它是个大炮仗，你们自己扔不出去。"就为了这个"有弹无枪"的评价，又有无数人耗费了无数心血，最终让我国有弹有枪了。可是，偏偏在这个时候又有国外媒体报道了这样的消息，说我国的原子弹虽然有弹有枪，但是投射精度不够，扔不准一样是白搭，于是，周恩来总理就特意要求了精确这个标准。

中国载人航天工程首任总设计师、中国工程院院士王永志曾说："运载火箭是所有航天活动的先决条件，没有运载火箭，航天活动就无法进行。为什么这么说呢？那是因为如果没有火箭这类运载工具，人类是无法摆脱地球引力的束缚，就像跳高运动员似的，无论使多大劲，最后很快就掉下来了，因为脱离不了地球引力，所以要想搞航天活动，必须要有好的火箭。"

20世纪80年代后期，全世界对通讯卫星的需求量越来越大，美国不但有大推力火箭，还在1984年研制成功了航天飞机，欧洲航天局也参加了竞赛。中国的火箭专家们抓住机遇，1992年8月14日这一天，"长二捆"运载火箭将美国制造的澳赛特B1通讯卫星准确送入轨道。

王永志介绍说："它把运载能力一下子提高了近四倍，而原来的'长征二号'，近地轨道运载能力只有2.5吨，后来加上捆绑就变成了9.2吨。"

这项技术突破是在18个月内完成的，它不但使中国的运载火箭打入国际市场，另一方面，也使得发射载人飞船成为可能。用王永志的话来说就是："从此以后，我国就可以考虑进行载人航天，为后来1992年国家领导人决策开始实施载人航天工程打下了技术基础。"

对于中国航天人来说，这一时刻标志着他们顺利转型、走向市场的成功。1994年，集中国运载火箭最新技术于一身的"长征三号甲"火箭首次发射获得成功，为大容量、高性能卫星提供了运载工具。

又是一个举国欢庆的日子，又是一次隆重的阅兵式。1999年10月1日，是新中国成立50周年的日子，这一天，中国航天人向共和国五十华诞献上了一份沉甸甸的厚礼。

各种型号的导弹成为阅兵式中最光彩夺目的焦点，所有的人都读懂了它们的真正含义。"如果六十年代以来中国没有原子弹、氢弹，没有发射卫星，中国就不能叫有重要影响力的大国，就没有现在这样的国际地位。这些东西反映出了一个民族的能力，也是一个民族、一个国家兴旺发达的标志。"

中国独立研制的长征系列运载火箭，由"长征一号"至"长征四号"四大系列 12 个型号组成，是中国航天的主力运载工具。"神箭"就是人们送给"长征二号 F"火箭的美称，它是专门用于发射载人飞船的新型大推力火箭。

1999 年 11 月 20 日，在酒泉卫星发射中心新建成的载人航天发射场，新研制的"长征二号 F"运载火箭早已静候在发射架上，这次发射就是要检验它的性能和可靠性。

18 点 30 分，在"东方红一号"卫星升空 29 年之后，迟到的辉煌终于来临了。中国的第一艘飞船在"神箭"的托举下腾空而起，承载着中华民族的千年梦想奔向太空。

中国人从未像今天这样，离祖先的梦想如此之近。而今，这一时刻终于来临，万户的尝试，经过了六百多年后，他的子孙们将他绵延了六百年的梦想变成了现实。

在短短的两年实践中，中国就完成了三次神舟飞船的发射任务。从这天开始，中国就成为了美国、俄罗斯之后的又一航天大国，可以说它不仅仅是一项科技成就，而且在最大程度上推动了中国经济乃至世界经济的发展。更重要的是，我国从来没有哪一个行业像这样增强了我们民族的自尊心以及自信心，为我国其他行业的发展奠定了坚实的基础，同时也提升了相关技术领域的研发水平。

当然，成绩是显著的，可是在取得成绩的同时我们却要面对风险。对于航天事业来说，虽然我国参与其中的总人数不多，但是时刻会面临着一系列危险。那么，我们又应该如何去保证神舟飞船能够一如既往的获得成功呢？

在全世界范围内，能够发射运载火箭的有美国、俄罗斯、中国、欧盟、日本、巴西等，但是，多少年以来，全世界只有两个国家有能力把航天飞机运送到太空中去，那就是美国和俄罗斯。美国拥有自己的土星系列运载火箭。对于我国来说，要完成这样的航天任务，当时最大推力的火箭就是"长二捆"。"长二捆"看起来就像是中间一根大炮仗，旁边再加上四个小炮仗，但实际上它要复杂得多。四个捆绑式的火箭，带有四台发动机，同时火箭的一级部分也有四台发动机，实际上就是同时有八台发动机在工作。但是，就算是这样的推力，似乎对于完成航天任务而言，还是有一定的困难，因此当时我国面临的一个主要问题那就是如何把运载火箭的推力再进一步加强加大。

载人航天工程是中国航天史上技术难度最大、系统组成最复杂、安全性和可靠性要求最高的重点工程。这是一项包括航天员、空间应用、载人飞船、运载火箭、发射场、测控通讯、着陆场七大系统的特殊工程。

前苏联载人航天创始人科罗廖夫在 1961 年 4 月 12 日上午实现了人类进入太空的理想。这一天的清晨，宇航员加加林登上了"东方一号"飞船的座舱，由运载火箭送入太空，成为世界上第一位进入太空的宇航员。

1969 年 7 月 16 日，美国用土星 5 号 3 级火箭把阿波罗 11 号的宇航员送入月球，21 日实现了登月梦想，人类迈出了载人航天最坚实的一步。

在苏美载人航天三十多年后，中国也要实施载人航天工程，这是中国在这个领域里的历史性的跨跃和挑战。在确保安全可靠的前题下，体现中国特色和科技方面的成就，这也是载人航天的必然要求。

中国运载火箭技术研究院副院长鲁宇说："载人航天火箭与一般的运载火箭最大的区别是，它要求高可靠性、高安全性，这是本质性的要求，在这样的条件下，它的设计理念和设计思想就要与一般的火箭有很大的差别。"

用火箭运人是中国火箭科技人员从来没有做过的事情，这对他们是个严峻的考验。既然是运人，可靠性安全性就要有保证。

王永志，著名火箭专家，中国载人航天工程首任总设计师，长期从事导弹、运载火箭和载人航天工程的总体设计和研制工作。他说："当时我们在研发长征二号捆绑火箭的时候，目标主要是发射卫星，因为那时候我们与国外签定了合同，要发射外国的卫星。后来中央决策上载人航天，载人航天唯一可以选用的火箭就是长二捆，但是载人航天对运载火箭的要求，比起发射卫星可就高多了。"

1992 年国家启动载人航天工程，中国火箭技术研究院的专家们在长征二号捆绑式火箭的基础上，开始了承担将载人飞船送入太空的新一代火箭研究。

尽管长征二号 F 火箭已经有了几十次发射卫星的成功经验，但对于载人航天的研究专家来说深感责任重大。

王永志就曾说："所有的人都下了大工夫了，从发动机、控制系统、箭体结构，还有存在安全系数适当加大，宁可损失一点儿运载能力，也要确保安全可靠，在这方面我们采取了许多措施。"

科学家在长征 2F 运载火箭上首次采用了全新的三垂技术，就是对火箭进行垂直组装、垂直测试、垂直运输，这样更有利于火箭发射前的多方位检验，这个方式的采用给火箭的发射带来了很大的便利。

1999 年 11 月 20 日，新研制的长征二号 F 运载火箭首战告捷，中国第一艘飞船在神箭的托举下腾空而起，随后 2001 年 1 月、2002 年 3 月、2002 年 12 月又先后三次成功地将神舟系列飞船送入太空。

长征二号 F 火箭总设计师刘竹生介绍说："长二 F 是一个载人的运载火箭，它的可靠性已经提得很高了，为 0.97。0.97 是什么意思呢？简单地说就是，发射 100 发火箭，可能有 3 发火箭在将来的飞行中可能要出问题

或者不正常。"

刘竹生是我国运载火箭捆绑分离技术的开拓者，他攻克的助推捆绑分离技术填补了我国运载火箭捆绑技术的空白，使我国进入了世界捆绑运载火箭的先进行列。此时他和所有的火箭设计专家一样也面临着前所未有的压力。

刘竹生说："我们当时研制长二F这个火箭的时候，唯一感到工作比较困难，需要投入很多精力进行技术攻关就是，一旦其他的处理办法不灵了，火箭真出了问题，怎么去保证航天员安全。我们真正感到是一个症结，需要解决的就是这个问题。"

长二F火箭继承了长二捆的外形，调整了燃料的加注量，使推进剂的使用更加合理，而长二F最大的特点是多了两个系统，一个是故障检测系统、一个是逃逸系统。这两个系统到底能不能起到作用呢？

曾经有人做过统计，航天员上天时什么时候最危险？那就是火箭从发射点火，到刚刚升空的这个阶段，大约一半的事故都是在这个时候发生的。纵观整个人类历史，到目前全世界已有十几位航天员以及七十多名地面工作人员不幸献身于人类的航天事业。

当神舟号系列飞船升空的时候，中国的航天专家们为它多携带了两个系统，一个是故障检测系统，一个就是逃逸系统，故障检测系统能够保证火箭飞船可以自动检测自身系统，查探各项指数是否正常，这也就是说，当运载火箭待发或在上升阶段的时候发生故障时，火箭自身能够自行诊断、自行检测。而逃逸系统则是在万一不幸发生问题的时候，迅速带领航天员安全地逃生。那么，逃逸系统在整个工作中它是如何发挥作用的呢？

火箭离开发射台要经过大约580秒进入到两百多公里的轨道高度，然后船箭分离。上升段在飞行过程中是一个基础，也是出现故障可能性最大的部分，所以在这一阶段对火箭要求就是飞行可靠、正常入轨。

长征二号F火箭总设计师刘竹生说："我们曾研究过国外载人火箭发射的记录，前苏联、美国的都有，发现尽管他们把火箭设计得很可靠、很安全，但往往出事故也是在这一段。"

通过调查研究，火箭设计专家发现，从火箭待发的那一刻开始，火箭发生事故的频率要远远高于其他时刻。

王永志对于前苏联的一次发射事故记忆深刻，他说："我在前苏联学习的时候经历过一次重大事故，一个火箭爆炸把炮兵主帅都炸死了，那一次，上校以上的、副总设计师以上级别的牺牲了五十多人。当时的情况是，点火后发现火箭没起来，不知道怎么回事，于是通知取消发射。结果，领导、专家们就从掩体里出来了，走到火箭附近查看出了什么故障。就在这个时候，火箭第三级突然点着，一下子就爆炸了。那一次事故非常严重，把整座发射塔都给炸了。"

在国际宇航界，牺牲的航天员中有一半以上都是火箭在最初飞行阶段发生的事故造成的，这一情况也使得中国的火箭设计者们格外的用心。

王永志说："搞航天工作出现的挫折和失败，这是难免的。我国是世界上失败次数最少、受的挫折最小的国家，这主要是因为，虽然我们基础底子比较薄弱，但是我们每个人的工作态度、认真程度和负责程度是很高的，所以我们的成功率相当高，失败很少。"

长二 F 运载火箭主要由四个液体助推器和芯级、整流罩以及逃逸塔组成，是目前中国所有运载火箭中起飞质量最大、长度最长、系统最复杂的火箭。火箭采用了 55 项新技术，其中 10 项关键技术达到了国际先进水平。

火箭从立在发射台上点火到起飞上升段是一个很危险的阶段，它会受到气流、速度以及振动等不利因素的影响，所以对于载人航天来说，绝对保证航天员的生命安全是最为重要的一条。

王永志说："前苏联就曾在航天事故发生后成功地救出过一位航天员。当时，还在发射塔上火箭就爆炸了，航天员在航天器里发现推进剂已经控制不住了，于是启动逃逸系统成功自救。等逃出来，航天员落地以后回头一看，发射塔已经是一片火海。那一次很幸运，他逃生了。"

因为曾经发生过多次事故，作为载人工具的运载火箭，专家们为它增加

的故障诊断系统和逃逸救生系统就显得非常重要了。

中国运载火箭技术研究院空气动力学专家倪嘉敏解释说："要想成功地将航天员救出来，首先就得有一个判断，就是什么情况下可能出现故障，如果判断不准，就等于白白地把火箭爆炸了。如果故障诊断系统判断这个时候可能要出现故障了，就预定启动逃逸飞行器，把带有航天员的返回舱从火箭里面拉出来，然后返回到地球。"

在长二F火箭的最上部有一个形状像避雷针的逃逸塔，它是由一系列固体发动机组成的小型火箭。逃逸塔和装有轨道舱、返回舱的整流罩巧妙地连接在一起。当出现危险的时候，它可以迅速让带有航天员的整流罩飞离险境，然后抛掉逃逸塔和轨道舱，利用降落伞使返回舱落到安全地带。

如何保证逃逸飞行器的飞行平稳性和机动性呢？这是有着几十年空气动力学研究经验的倪嘉敏和她的同事们面临的一个难题。因为从逃逸飞行器离开火箭，其发动机只能维持几秒钟的时间，如果此时它不能稳定飞行，首先会对航天员造成伤害，随后火箭发生的爆炸产生的冲击波及碎片，对逃逸飞行器也将是一个毁灭性的打击。

倪嘉敏说："在逃逸的时候，因为事先并不知道故障发生在哪个位置，所以逃逸飞行器必须要远离这个故障的位置，这时就要在它上面稍微加一点儿力，就能很快机动过去了。"

为了帮助逃逸塔在空中逃逸过程中进行方向的把握和稳定，科学家设计出来四个翅膀形状的东西，叫做栅格翼，不用的时候它们就贴在火箭的外面。

为了确保栅格翼的高可靠性和稳定性，火箭专家们决定对它的技术性能进行一次模拟测试。经过不同模拟速度的测试，栅格翼的各项技术性能达到设计标准，取得了非常满意的结果。

逃逸系统看起来就像一根长长的避雷针一样，在实际中它将起到什么样的作用呢？这就相当于汽车所使用的安全气囊，买车的时候大家都盼着车里有安全气囊，但是谁也不愿意它被自己真正的应用到，因为一旦应用到就说明撞车了，发生事故了。对于火箭来说也是如此，一旦使用了逃逸系统，人员和器材是保住了，但同时也意味着此次发射是失败的。所以对于逃逸系统，人们既要保证它的可靠性，同时谁也不愿意使用它。对于设计人员而言，在逃逸系统装上火箭之前，还要面临的一个重要的任务就是检验它到底能不能使用，我们都知道，汽车里的安全带、安全气囊也有失灵的时候，而火箭的逃逸设备是绝对不允许失误的，一旦失误了，后果不堪设想。

虽然逃逸系统的每个分系统都经过了成百上千次试验，并且都取得了非常满意的效果，但是，这些系统和逃逸系统连在一起，在不同高度中能不能同时使用，工作时会不会协调呢？这也是一个非常重要的问题。

专家们认为，如果检验逃逸飞行器要在各个高度都能发挥良好的作用，不可能用运载火箭把它发射到高空，逐一测试逃逸程序，这样既不现实，也担负不起代价。经过研究之后，专家们决定对逃逸系统进行综合考验。

王永志介绍说："火箭上加了一个逃逸系统，这个系统好用不好用，需要进行实际的检验，如果在高空检验，就得发射一枚火箭，并且带着飞船，那么这个实验的代价就太大了。所以我们就试一个零高度，也叫零零实验。"

在一片渺无人烟的戈壁滩上，将要进行一次至关重要的试验，这就是运载火箭与飞船的零高度试验。刘竹生评价说："这次试验的效果和一次真实的火箭发射差不多。"

测试人员清楚只有在这次真实的飞行中，逃逸系统的影响才能够得到验证。综合测试的的结果验证了逃逸系统的设计完全成功。

当酒泉卫星发射中心迎来又一个秋天的时候，中国载人飞船的首次飞行也进入了倒计时，载人航天的七大系统都已经做好了准备，2003 年 11 月 15 日神舟五号飞船带着中华民族的梦想一飞冲天。

大量新技术的应用提高了长二 F 整体性，也使得中国成为了世界上第三个掌握载人运载火箭的国家。继神舟五号发射成功以后，2005 年 10 月 12 日，

中国第二次发射载人飞船，也是再次使用长征二号 F 运载火箭，把两名航天员送入太空。

如今，我国的航天事业已经走过了五十年历程，这中间包含了无数为航天员的安全、为了我国航天事业而默默奉献的人的心血。

王永志说："中国的运载火箭至 2007 年已经发射 100 次了，到目前为止，各种轨道的地球卫星都能发射，不仅能发射地球轨道卫星，还能发射月球卫星，将来如果有需要，要给太阳系内的某个行星发射卫星也是可能的。不仅如此，咱们中国的运载火箭还能把航天员也送到太空中去。我们的载人航天事业还在继续发展，未来可能难度会越来越大，也可能愈加使人感到兴奋。"

神箭的发射成功不仅仅是一条振奋人心的新闻，更重要的是标志着我国的综合实力已经达到了前所未有的高度，同时也把我们的民族自尊心再次提高到了与宇宙同高的程度。不久前，我国航天事业再传捷报，我国运载火箭燃料的无毒无污染化已经研制成功，相信今后我们的火箭事业还会得到进一步发展。

1961 年 4 月 12 日，一艘名为东方号的载人飞船顺利升空。而与飞船一起奔向太空的还有前苏联航天员加加林。他也因此成为了人类历史上首位飞上太空的人。

几千年来，人们都传说天上是神仙居住的地方，那里不仅环境优美，而且没有贫穷、没有丑恶，是人们最为向往的地方。但是，对于航天员们来讲，等待他们的那片太空并非人们传说中的人间天堂，因为那里的环境极其恶劣。

北京大学地球与空间科学学院教授焦维新说："载人航天 300 千米左右的轨道属于极高真空，这里的空气非常稀薄，密度也非常低，大约是地球表面大气密度的一百亿分之一。也就是说，没有非常精密的仪器，在这里甚至检测不到一个气体分子的存在。"

由于空气稀薄，所以太空中缺少人生存所需的氧气，再加上没有气体流动，这里的温度变化很大。有阳光照射时，太空中的温度可以达到摄氏100度以上；而没有阳光时，温度又会低于摄氏零下100℃。另外，太空中还存在着危害人体的各种辐射。

焦维新教授解释说："太阳系和银河系内的一些恒星不断地向外发射出高能带电粒子，如果人遭到强粒子辐射，就会得辐射病。它最主要的机理就是带电粒子损害人体细胞中的DNA，一旦DNA遭到破坏，就会产生各种各样的辐射病，甚至致癌。"

尽管地球也是太阳系中的一员，可为什么生活在地球上的人没有被太空恶劣的环境所困扰呢？这一切都要归功于地球周围的大气层。

焦维新教授说："厚厚的大气层就像一层棉被一样，它可以使地球表面温度保持得比较恒定，不会因为有无太阳的照射而产生剧烈的变化，它具有一个调节的作用。此外，在大气层和地磁场的共同作用下，会对那些高能的带电粒子起到屏蔽的作用，不会直接照射到地球表面。"

既然太空的环境这么恶劣，人类为什么还是那么渴望奔向太空呢？

国际宇航科学院院士朱毅麟说："从现在来看，探索宇宙已经不仅仅是一个满足好奇心，满足人类探索新奇的愿望了，它能够给人类带来很多好处。尤其是人造卫星上天以后，各种各样的应用卫星，如气象卫星、资源卫星、海洋卫星、通讯卫星等已经给人类带来很大的利益。但是，要使太空能够更多更好地为人类服务，开发出更多新的资源，那还是需要人上天去。"

至今，人类已经研制出的航天器共有两类，一类是就是宇宙飞船、航天飞机，以及空间站这样的载人航天器；另一类就是无人航天器，比如人造卫星，以及在月球、火星上探测的探测器。但是，人类飞向太空的目的并不仅仅只是把人送上去那么简单。

1965年3月18日，31岁的前苏联航天员阿

列克谢－列昂诺夫搭乘上升 2 号的载人飞船飞上太空。他的这次旅行开创了人类载人航天历史的新纪元，他也因此成为人类第一个在太空中行走的人。

在我们大多数人的印象中，失重绝对是一种非常美妙的体验，因而才会有人愿意花 10 万美金去做失重体验。但是真的要在太空中行走，却绝不是我们想象的那么简单，它是需要技术、胆量和智慧的。为什么这么说呢？当一个人在完全微重力的条件之下，他会处于一种什么状态呢？我们往往看到太空行走的航天员会携带一根牵引绳，就是怕万一出现异常情况，人就会飘走。甚至有航天员说，当他们进行维修工作的时候，哪怕是拧一颗螺丝，如果劲使不好了，没有经过专业训练的话，人都会在空中转一个大圈。

当然，对于太空中的航天员而言，既没有天，也没有地的概念，因为没有任何坐标系可以给他们作参照，所以在空中转一个圈并不会存在太大的麻烦，关键是航天员怎么纠正自己的姿态。所以说航天员出舱行走是一件非常困难的事情，不仅仅要考验航天员本身，还要给他提供相应的安全保护装置，所以这也是一项系统工程。

自从载人航天以来，人类已完成了近三百次的太空行走。但是回顾过去那段历史，我们不难看出，航天员的太空行走其实并不那么容易。

前苏联航天员阿列克谢－列昂诺夫在他的自述中有这么一段话："我在飞船外只停留了 12 分钟，时间虽然不长，但麻烦却不少。在这 12 分钟里，我体验到了太空行走的酸甜苦辣，因为出舱后的航天员，面对的不仅仅是失重和缺氧气等问题。"

焦维新教授进一步解释说："在太阳系中除了八颗行星、众多慧星和小行星之外，还有数不胜数的宇宙碎片。这些碎片包括岩石块，甚至微米大小的粒子。这些物体虽然小，但是它们的速度很大，也就是动能或者动量很大，对人体会产生一定伤害。"

除了被称之为微流星体的物体之外，人类留在太空中的垃圾同样也会伤害航天员。

焦维新教授说："运载火箭末迹进入太空以后，爆炸、解体，或者在太空运行了一定时间以后，它的寿命结束了，或者由于自然条件的变化，再加上其他物体的撞击，逐渐解体了，于是变成大大小小的碎块，这些物质我们统称为太空垃圾。"

在 20 世纪 90 年代美国探索卫星返回地面后所拍摄的照片中可以清晰地看到，面板上有明显的被其他物体撞击后留下的痕迹。

为了帮助航天员应对恶劣的太空环境，保证他们安全返回地面，研究人员为航天员设计不同时期穿着的航天服。

中国航天员科研训练中心舱外服总设计师李潭秋说："在航天器发射的发射段、返回段，以及不稳定段，航天员要求穿着舱内的压力服。如果空间环境已经非常稳定了，一切处于正常状态下，航天员就要穿着空间工作服，也叫长服。长服与我们在地面穿用的区别不是很大，但是它会有一些特殊的要求，包括材料、抗菌性能等，在所有的功能要求中，舒适性的要求是主要的。"

人类最早的航天服，是 20 世纪 30 年代美国高空飞行员波斯特请人研制出来的。尽管当时的航天服只是用涂了橡胶的降落伞布缝制而成的，但波斯特却穿着他完成了 10 次高空飞行。

李潭秋说："飞机在高空飞行时，由于座舱只有一个，并且早期的飞行不是完全密闭的，在这种情况下，就需要一套密闭的压力服来保证航天员在高空的飞行。"

到了 20 世纪 50 年代末，前苏联和美国的研究专家在空军战斗机飞行员穿着的高空加压服的基础上，设计出了航天员在飞船上升和返回过程中用于逃生的舱内航天服。李潭秋认为："之所以要设计专门的逃生舱内航天服，主要是因为这个过程非常危险，处于一种不稳定状态之下。在这种状态下有可能导致系统失压，于是通过压力服给航天员提供一个最后的防护屏障。"

1971 年 6 月 7 日，当联盟 11 号飞船结束考察，奉命脱离"礼炮号"太空站返回地面时，人们惊讶地发现，三名宇航员竟然安详地死在自己的座位上。事后经过多方面调查，人们发现联盟 11 号飞船上的三名航天员，是因为返回舱的舱门没有关严，气体泄露，再加上没有穿着舱内航天服，致使体内严重缺氧而死亡。从那以后，舱内航天服就变成了整个天地往返运输系统载人航天的一个标准配制。

除了在飞行和返回时航天员需要航天服以外，出舱活动的航天员还需要配备一件特制的舱外航天服。

人类真正的第一件舱外航天服，是一件名叫"月球服"的航天服，它是 20 世纪 70 年代，阿波罗号航天员登月时穿的。

据李潭秋介绍："它是一个全软式的结构。当时的设计理念依然含有通用的概念，也就是在舱内的时候可以穿着，出舱时也可以穿着，但是在两种环境下穿着的衣服配置不太一样。比如在舱内时不需要航天员自己携带生保系统，只需要一种座舱姿势就可以了；而在出舱的时候，则要携带一个生保背包。"

从名义上来看，太空行走时航天员所穿的叫舱外航天服，但它并不是普通意义上的衣服，它实际上是一个小型的载人飞行器。因为舱外航天服中不仅有环境防护系统，还有生命保障系统等。

所有的航天服，无论是美式设计、俄式设计，还是中式设计，其最大的目的就是要保证航天员自身的安全。为了达到这个目的，首先就要选用抗辐射能力非常强的材料，因为事实证明，宇宙射线是对航天员最大的杀伤力之一；第二点是能够保温，因为太空中温度非常低，所以必须要保证航天员的体温不至于丧失，让他时刻感觉到温暖；还有航天服的面罩，里面具有专门的除霜结构，因为航天员在舱外呼吸时，面罩里面是热的，而外面可能十分寒冷，面罩上很快就会结成霜，所以就必须要保证面罩能够随时随地让航天员看清外面的环境；再有航天服的通讯系统，以及航天服本身的坚固程度等，如果航天员在维修的时候不小心刮破了衣服上的某个地方，还应该有一些应急措施。美国就曾经发生过一起类似事件，一个航天员在维修的时候，不小心将手套的部分刮破了，当他发现这个情况后，便迅速往舱内撤离。当时返回舱内的这个过程可以说是险相还生，所以航天服无论怎么设计，都是为了要考虑航天员的安全。现在，航天服上又有了不少人性化的设计，比如会考虑到航天员在舱外行走，或者执行某项特殊任务的时候，能够让他穿着航天服的同时，还能解决人的一些生理需求。

总而言之，随着人类科学技术的不断更新，航天服的种类也在不断发生变化，从最早的全软式，到现在的半软式，其性能和安全性都有了很大的提高。现在采用的是半软式航天服，硬的部分有点像航天器材，软的部分，比如人的肘关节、膝弯的部分，还要保证航天员能够活动自如，这些实际上都是一个安全保护措施。可以说，航天服的任何一个环节都不能疏漏，否则就会酿成大祸。

航天员在走入太空之前，需要先进入一个叫气闸舱的地方做准备。

对此，李潭秋说："通常来说，飞船里压力，而舱外则是一个真空环境。在出舱的时候，航天员会先在气闸舱这个位置进行减压。这有点像我国的长江三峡系统，它需要一个闸门，当一艘船从一个高差落到另一个高差的时候，它不能一下子下去，必须要有一个过渡的闸门。这个闸门不断地降低水位，使船的高度降下来。航天器中的气闸舱也是运用了这个概念。"

进入气闸舱后的航天员要先从支架上取下航天服，并将它展开成使用状态。然后，他们会把氧气瓶、电池、净化罐等消耗品装入航天服。

中国航天员科研训练中心七室副主任张万欣介绍："装好之后，航天员还必须再次对服装的整个系统做一次检测，主要包括气密性和电测等，确认无误后才可以进行出舱活动。"

对于生活在地面的人来说，穿衣服可能是一件平常得不能再平常的事了。但是，对于即将进入太空行走的航天员来说，穿上舱外航天服可没有那么简单。

李潭秋说："在穿航天服之前要先穿上内衣，里面可能还要带上生理监测系统，比方生理背心里有一套生理信号的传感器。然后航天员要穿上液冷服系统，这套系统看起来就是有很多水冷管嵌在衣服表面的管道系统里。液冷服的主要作用是使人体散热。此后，航天员才会进到航天服里面。"

这个过程至少要耗费 15 至 20 分钟，即使是这样，航天员还是担心航天服会出现泄漏问题，而一旦出现这样的意外，航天员就会因为氧气不足，或者温度调节失控，无法继续待在舱外，更严重的甚至可能危及到他们安全返回。

李潭秋介绍："前苏联到目前为止进行出舱的时间大约有几千小时，目前还没有出现航天服的失压威胁航天员生命安全的问题。"

尽管航天员在进入太空之前已经进行了反复的穿衣训练，但在以往的出舱活动中，还是有航天员因为航天服的问题而惹了麻烦。

焦维新教授说："人类第一次太空行走时，由于没有经验，在航天服的设计上，衣服内充了一定的气压，而外面则是真空，结果航天员出舱以后，航天服就膨胀了，造成航天员的胳膊、腿的动作都受到了影响，甚至连弯弯腿这样的简单动作都无法进行。"

穿好航天服的航天员，接下来就要进入减压的工作程序。

中国航天员科研训练中心七室副主任张万欣介绍说："首先要进行 5 分钟的大流量的冲洗。具体说来，就是用大流量的纯氧把航天服里的空气置换掉，在服装内部形成一个纯氧环境，航天员在纯氧的环境里进行吸氧排氮，就能把体内的氮气置换出来。"

用纯氧置换体内氮气的过程，被称作预吸氧。为什么航天员在太空行走之前要做这项工作呢？这是因为生活在地球上的人，长期处于一个标准大气压的环境中。在这种环境中，人体内不仅有百分之二十多的氧气，还有百分七十多的氮气。而一旦进入真空环境里，由于内外气压不平衡，人体内的氮气就会从血液中自然游离出来，并在血管中形成大量气泡，从而阻碍了人体血液中氧气与二氧化碳的交换，特别严重时，甚至会导致人体因缺氧窒息死亡。

如果航天员提前用纯氧代替体内的氮气，这样的意外就不会发生，因为人处在纯氧的环境中时，氧气可以和人体血液中的血红蛋白相结合。

当所有的准备工作就绪以后，航天员就可以打开气闸舱的舱门，走向太空了。

四十多年来，航天服不断地变化和发展着。当年列昂诺夫在太空中只停留了十二分钟，而这十二分钟已经达到了当时的技术极限，因为那个时候给他配备的舱外航天服，只不过是在舱内航天服的外部加了一个保护罩而已。在太空停留的十二分钟时间里，列昂诺夫可谓是提心吊胆，害怕出现任何的问题，事实上他的确是差点就回不来了。

但是四十年后的今天，舱外航天服已经发生了翻天覆地的变化，哪怕说它是一个小型的载人航天器材都不为过。新型的舱外航天服能够提供许许多多的生命保障系统，如保温系统、防辐射系统，还有充足的氧气系统等。可是，仅仅有这些就足够了吗？答案当然是否定的。如果舱外航天服只具备这些功能，顶多只能说航天员实行了太空漂浮，而如果要在太空行走的话，就要牵扯到许多其他问题了。

看到这里可能有人会问，谁不会走路？虽然人人都会走路，但是到了太空，没有经过专门训练的普通人就可能真的不会走路了，因为太空处于微重力的条件之下，一脚踩下去就会踏空，根本不知道该怎么发力，怎么让自已走起来，又怎么能够回来，怎么辨别目标？要解决这一系列问题，科学家们又付出了许许多多的心血。

人类的太空之旅，如今已经发展到了哪个阶段，生活和工作在太空中的航天员，他们过得如何呢？

大家都知道，美国航天员阿姆斯特朗在月球上曾经说过一句非常著名的话："这是我的一小步，却是人类的一大步。"人类为了实现这一步跨越，付出了太多太多的时间和精力。仅仅为了保证航天员出舱行走的航天服，人类就下了很多工夫。如今的舱外航天服已经变成了一个小小

的载人航天器材，不仅有保温系统、氧气系统、防护系统，甚至还专门的行走系统。

那么，是不是有了这些之后，人类就真的可以实现在太空中行走的梦想了呢？

直到 1969 年 7 月 16 日，美国航天阿姆斯特朗和他的同伴们在月球表面进行了长达两个半小时的月球漫步之后，人类才算真正实现了太空行走。回顾过去 40 年的历史，我们不难看出，虽然科技在不断进步，但太空行走对于航天员来说仍然充满了挑战。

对此，北京大学地球与空间科学学院教授焦维新说："人来到太空以后，因为完全没有站立的基础，可以说全无立足之地，连手扶的地方也没有，简直让人无所适从。"

由于载人航天器所到达的轨道是一个极高真空的环境，所以无论是人还是物，在太空中都会因为失去重力而处于漂浮状态。此外，太空极端恶劣的环境，似乎也不适宜人类在太空中活动。

中国航天员科研训练中心舱外服总设计师李潭秋说："人类的出舱活动更多的是出于载人航天向外延展，扩展更大的活动自由度的考虑。简单地说，出舱活动的主要目标一个是进行舱外科学实验、空间探索，另一个就是对已经存在的空间飞行器，以及在太空工作的卫星，如哈勃太空望远镜等进行维护维修，甚至是大型空间站的建造和建设。"

航天员在太空中行走并非像我们在电影中看到的那么浪漫和悠然自得。茫茫太空中没有任何参照物，航天员既分不清周围物体的远近大小，也判断不出它的速度快慢。这时，如果没有安全保障措施，航天员很容易成为人体卫星在太空中漂走。

焦维新教授说："早期的航天员出舱以后，可以在太空中移动自己的身体，一是靠系绳，就是用牵引绳将航天员的身体和航天器连在一起，航天员一拉牵引绳就可以移动自己的位置。另外一种办法就是在航天器的外面安装一个扶手，航天员用手握住这个扶手进行移动。"

这种靠绳子牵着的太空行走方式被研究者形象地称之为脐带式行走。由于受脐带长度的限制，那时的航天员只能在母舱附近活动，直到美国航天员阿姆斯特朗背着便携式环控生保系统登上月球之后，人类终于剪断了与母舱之间的脐带，开始了真正的太空行走。

据国际宇航科学院院士朱毅麟介绍："目前比较先进的方式是不用脐带的，而是用一个被称作机动飞行器的座椅式的设施。航天员坐在这个椅子上，就像穿着航天服。此外，这个椅子上有很多喷气孔，不同方向、不同位置都有，航天员通过操纵椅子上的电钮，可以让椅子喷出气体：如果向前喷椅子就往后退，向下喷椅子就往上飞，同时让气体向左边和向前喷就可以转弯。第三种办法就是扶着空间站表面专用的扶手行走，就像我们有时候会闭着眼扶着墙走一样。"

就算是有了背负式的帮助行走的航天器材之后，航天员在舱外行走的时候还是有具体而严格的规定的，这也是人们从历次重大的教训中得出的宝贵经验。比如美国航天局（NASA）就有一系列详细的规定：航天飞机在开始飞行 72 小时之内，航天员是不允许出舱行走的，第一要保证他们能够适应微重力环境，第二要克服因为升空而带来的头晕、恶心等航天病。当平稳度过这段时间后，再根据个人身体情况安排航天员出舱行走。出舱行走的时候必须同时有两个人，虽然科技的发展已经剪断了同母舱之间的脐带，使航天员可以自由行走，但是万一在这个时候仪器失灵了，或者出现了其他一些故障，仅凭航天员自己是无法顺利回到舱内的，所以必须要有两个人，一旦其中一个人出现了问题，另一个人就可以帮忙。每一次航天员舱外行走的时间不得超过 6 小时，而且每两次出舱行走的间隔时间最少要保证 2 天以上。由此可见，航天员舱外行走绝非我们想象的那么简单，也不是一件惬意而浪漫的事情。

失重的感觉在乘坐飞机的时候可以体会得到：当飞机快速下降时，人们会有一种向上漂浮的感觉。对于即将进入太空行走的航天员，他们在地面上感受失重是在一个巨型水池中完成的。

在美国航天员训练中心，接受太空行走训练的航天员穿好专门用于模拟航天服之后，工作人员会用升降机将他们下降到水池中。

中国航天员科研训练中心七室副主任张万欣介绍："水槽内有浮力，可以平衡身体重量，模拟失重，在这里进行训练，可以使航天员对在太空中姿态的调整，以及行走路线进行熟悉。"

经过反复训练之后，航天员在水池里渐渐学会了如何稳定身体，并且让身体保持在一个特定的位置和角度，接下来，他们开始向特定的目标和方向移动身体。

事实上，对于在舱外工作的航天员来说，他们所面临的并不只是怎么迈步这样简单的问题，更难解决的是在微重力的太空环境中，他们要使多大的劲才能完成诸如拧螺丝这样简单的工作？

朱毅麟院士说："在太空中，航天员往往一拧螺丝，人就会反过来转，因为有反作用力，但是这个力的大小航天员却掌握不住。"

在地球上，不同质量的物体，由于受地球吸引力的不同，所以它们之间有轻重之分，可是一旦把它们送入微重力的太空环境中，就完全没有这样的区别了。也正因为这样，科学家们可以在太空环境中开展材料加工等多项科学试验。

朱毅麟院士说："在地面把两种不同的物质，如果比重、密度不一样的物质混合在一起，往往是重量大的物质沉在下面，重量小的浮在上面，哪怕混合得再均匀，只要一停下来，马上就会分开。但是到了太空，就可以将水和油混合得非常均匀，或者将空气和铁混合得很均匀，还能够在金属里充气，把它变成一种蜂窝形的金属，这样一来它的强度很高，同时重量又很轻。"

除了可以在太空中开展各种科学试验之外，人类进入太空还有一个重要的任务，那就是建立太空基地。

1971年4月，前苏联发射了世界上第一个太空站——礼炮1号；之后，美国也建立了自己的空间站。目前，有16个国家正联合建设国际空间站。

朱毅麟院士说："空间站可以在轨道上长期运行，时间可以长达五年，甚至十年，可以让航天员轮流在里面值班，在那里工作和生活。"

1998年11月20日，由俄罗斯制造的曙光号功能货舱发射成功，它标志着国际空间站已进入初期装配阶段。

朱毅麟院士说："现在的国际空际空间站，有俄罗斯的舱段，美国的几个舱段，还有欧洲的哥伦布舱，日本的希望舱段，加起来共有七八个舱段，此外还有一些航架，和其他一些结构。"

国际空间站的整体设计长108米，宽88米，重量达438 000千克，可供6人使用。它的设计寿命为10至15年，组装成功后的国际空间站，不仅为人类提供了一个长期在太空轨道上进行对地观测和天文观测的机会，科学家们还可以在这里开展材料加工、生物试验，以及生命等多项空间科学试验。同时，它还可以作为人类在太空中的储备仓库，成为人类飞向月球，飞向其他遥远星球的跳板。

空间站给人类提供了研究宇宙、研究空间的场所，而它实际上是要分成不同的舱段的，其中包括实验舱、居住舱、过渡舱，以及进行太阳能电池储存等的一系列舱段。这么多的舱段并不是一下就全部送到太空当中的，而是一段一段地运上去，然后再一段一段对接起来。

对于空间站而言，必须要面临在太空中生活的挑战，一个细节考虑不到都会引起很大的麻烦，比如说前不久国际空间站传来一个消息，里面的厕所坏了，这一下大家都着急了，没有厕所那多不方便？于是急忙从地面运送厕所上去进行维修。

现在我们知道，航天员在太空中生活的最长时间是四百多天，当航天员从太空返回地球以后，往往会面临身体内的钙质大量流失的问题，从而导致无法行走等很多人们意想不到的疾病。所以说，在太空中怎么给航天员提供

一个更加舒适的环境，怎么才能让他们最大程度地保持体力，让他们尽可能小的受到太空环境的影响，就成了设计人员在制作航天器材的时候必须要考虑的问题。

由于空间站里的航天员逗留时间比较长，所以吃住是个大问题。在太空中生活和工作既有趣又很麻烦，有时还让人哭笑不得。

在微重力的环境中生活，航天员的口味变得很特殊，因为他们的吸收、消化能力会受到一定的影响。

朱毅麟院士说："前苏联的加加林，美国的格伦，他们在太空中吃的食物是像浆糊的东西，被灌在牙膏瓶里，挤在嘴里吃。因为这样食物才不会飘起来，吃起来方便简单，但是这样的食物吃起来没有味道，让人没有食欲。"

在太空中吃饭是很讲规矩的。要么坐着不动地将食物送入嘴里，要么就是把要吃的食物块放在半空中，人像鸟一样飞过去，用嘴凑上去咬住它。咀嚼食物时一定要闭着嘴，千万别让食物残渣漏到嘴外边去，否则食物碎屑会在空中漂浮不落，变成很难清除的垃圾，一旦吸进自己和同伴的鼻子里，麻烦可就大了。

朱毅麟院士说："在太空吃东西时最好是切成小块，放在嘴里嚼，嚼完以后往下吞的时候会感觉不太方便，这种感觉有些像一个人躺着的时候吞咽食物一样的，而人们平时在地面吃东西，食物会自己就往下面的食道滑落。"

为了保证生活在空间站里航天员的身体健康，科研人员为他们制作了不同营养种类的太空食品，但有时为了工作需要，还要限制他们的饮食。对于短期和中期载人飞行，航天食品主要为携带式食品；对于长期载人飞行，尤其是对将来的火星探险和在月球上长期居住，则要用长期生物再生食品。

另外，在太空中喝水也要小心，千万不能弄洒了，因为在太空中水和别的物质一样会在空中漂荡，如果被人吸到鼻子里就会影响健康，还会危及仪器设备的安全。

朱毅麟院士说："在太空中喝水时是不能倒出来喝的，而是用一根吸管子插在水杯里喝。因为有大气压力，一旦将水倒出来就可能全漫出来，在太空中变成一个个小水球，飘在空中。"

在空间站里航天员要想从这走到那，是靠飞或者跳来完成的，并且在走的过程中没有反正之分，也就是说，既可以在地板上走，也能在天花板或墙壁上走。可如果航天员总是这么漂来漂去的，难以稳定下来，他们又该怎么在空间站里开展工作呢？

朱毅麟院士介绍："举个例子来说，美国的第一个空间站叫做太空实验室，它的地板上都是三角形的网格，航天员的鞋子上有一个钩子，这样就可以钩在网格里固定下来了。如果航天员是坐着工作的，就会用一条带子将他固定住，这样就不会飘起来。"

太空环境给航天员带来身轻如燕的一身轻功，看起来确实很有趣。可是，夜幕来临，飘了一天的他们又该怎样才能安安稳稳地睡上一觉呢？

在太空睡觉最大的优点是不需要床，只要在居住舱内找一个角落，便可以舒舒服服地睡上一觉。不过在睡觉之前，最好用一根带子将自己固定在某个地方，否则当你睡着之后，由于呼吸的推力，会将你的身体推到空中，在舱内飘来飘去，有一种就要掉进万丈深渊的恐惧感。

对于空间站生活的航天员来讲，处理个人卫生是比较麻烦的一件事，因为这涉及水。水在失重环境中会形成水滴，漂浮在空中。

朱毅麟院士说："航天员洗澡也有专门的措施，在浴室的周围设计了一个棚子一样的东西，四周就像吸尘器一样的，有水珠游离出来以后马上就将水吸走，免得它飘起来。"

长期在空间站生活的航天员，他们最担心的是身体会不会出现异常。

朱毅麟院士说："长期待在太空环境中，体内的血液循环减弱，心脏功能也会随之衰弱，所以航天员要尽量采取措施，使自己的心脏能够多工作一些。"

　　为了解决这个问题，航天员每天至少要进行一两个小时的体力煅炼，一是为了加快体内的血液循环，二是避免自己的肌肉和骨骼总是处于闲置状态，出现钙脱落症。

　　朱毅麟院士说："人体里面骨骼里的钙会随着航天员的小便慢慢排出去，缺钙以后的骨骼很松驰，变得容易折断，所以长时间工作在太空环境中的宇航员，刚返回地面时，都会由其他人把他抬到担架上，送到医院去检查。这一点是很重要的。"

　　然而，最令科学家担心的还是太空环境会不会影响女航天员的怀孕和分娩的问题。不过事实证明，这样的担心或许是不必要的。1984 年 7 月 17 日，世界上第一位在太空行走了 3 小时 35 分钟的前苏联女航天员萨维卡娅，在返回地面一年半后喜得贵子。

　　事实上，航天员在整个载人航天活动中，最容易得的是运动病。这就像有人坐飞机，在飞机起落的时候，会出现恶心这样的不适应症。

　　朱毅麟院士说："一般在航天员上天以后的前几天到一周时间里都会产生这种运动病，随着在太空停留的时间增加，症状又会慢慢消失。"

　　在人的大脑中，有一个掌管平衡的器官叫前庭器，人一旦进入失重环境，前庭器就会停止工作。但是，这样的病并不是不能克服的，只要航天员在培训时加强身体这些方面的训练，运动病所带来的适应症就不会出现了。

　　随着载人航天技术的发展，科学家们将会为航天员营造一个更舒适、方便和多元化的太空生活环境。

　　对于人类未来航天事业的发展，各国科学家已基本达成共识：首先，在太空当中建成共有的国际空间站，大约在 2010 年前完成，现在它的容纳量还有限，只能容纳 6 个人；第二步，在太空中建立基地或太空城，甚至开设太空旅馆。这些听起来似乎遥不可及的事情已经不再是梦想，现在国外已经有人在开始进行这方面的尝试了，只要你有钱，身体条件允许，经过训练后同样可以像航天员一样邀游在太空当中；第三步，就是在月球上建立基地。月球这个距离我们地球 38 万千米远的卫星，能够给我们提供的不仅仅是一个让人类再向宇宙深处迈进一步的跳板，更重要的是月球表面丰富的氦 3 能够解决未来地球的能源需求；第四步，这也是所有人都非常关注的，人类将实现载人航行到达火星。到了那一天，火星叔叔马丁的这个传奇故事恐怕就要终结了，因为我们真的可以脚踏实地在火星上去进行研究。

　　不管怎么说，地球已经不可能再束缚住人类的脚步了，关键在于我们人类要怎样去发展，就像齐奥尔科夫斯基所说的那样："地球是一个非常好的摇篮，但人类不可能永远地居住在摇篮之中。"

（齐义民）

问 天 记

2008 年 8 月 8 日晚上 8 时，是北京奥运会开幕式举行的时刻。

在中国文化中，8 被认为是吉祥如意、发财的意思，奥运会选择这个时候召开是不是意味着，我们希望中国队有个开门红，中国队获得最多的奖牌数呢？这里面是不是还有更深刻的意义呢？

2001 年 7 月 13 日，这是全中国人民沸腾的日子。

在这一天，北京申办 2008 年夏季奥运会取得成功。北京奥运会申办成功后，紧接着就是确定北京奥运会的举办日期。按照国际惯例，夏季奥运会的举办时间一般在七八月份，国际奥委会在全面考虑国际赛事后做出决定，北京奥运会的举办时间为 2008 年 7 月 25 日至 8 月 10 日。也就是说，2008 年奥运会的开幕式将在 7 月 25 日这天举行。

为什么要选定 7 月 25 日这一天举行开幕式呢？这其中有什么奥妙吗？

据北京市气象局气候中心主任郭主任解释：奥运会的开幕式有一个惯例，一般会选在周末这一天，所以就定为 7 月 25 日。

　　郭文利是北京市气象局气候中心的主任，是专门负责奥运期间气候分析的主要成员之一。得知举办时间后，他心头为之一紧，因为他知道，7 月底至 8 月初，正值北京的雨季，是北京的主汛期，天气复杂多变。如果在这段时间举办奥运会不仅会影响开幕式，奥运期间的许多重大活动都将受到影响。可以说，这段时间是北京天气最复杂、最不利于举办奥运会的时期。

　　要保证奥运会的成功举行首先就得保证天气，而保证天气的前提最好是能够选择一个好的日期。确定奥运会的举办日期，对于所有奥运气象服务中心的工作人员来说都是前所未有的挑战。北京 2008 年奥运会比赛共设有三百多个项目，其中田径、帆船、皮划艇、山地自行车等室外项目都与气象有关，而他们要做的，就是根据北京历年的气候资料分析预报奥运会的举办日期，保证奥运会开幕式和奥运会的顺利进行。这个日期该如何确定，选择哪一天开始最为合适呢？

　　郭文利说："根据开幕式要在周末召开的惯例，我们将开幕式时间往后推移。从气候条件来说，定在 8 月 15 日以后的时间是比较好的，所以我们向奥组委提供了建议，建议北京奥运会在 8 月 15 日至 30 日之间召开。

　　气象部门的这个建议，目的就是为了错开北京"七下八上"的汛期，同时他们也提出了一个目标，那就是"争三保二"，争取往后拖延三周，实在不行就拖延两周。国际奥委会经过一系列讨论之后，最终确定了一个日期，而这个日期就是我们现在知道的 2008 年 8 月 8 日晚上 8 点。

2008年8月8日,这个让中国人一听就觉得很有特殊意味的日子,原来纯属巧合,并非刻意安排。

总算争取推迟了两个星期,这是为了尽量避开可能发生的恶劣天气。但推迟后的2008年8月8日那天的天气到底会怎样呢?

2006年12月,第15届亚洲运动会开幕式在卡塔尔多哈举行,长达3个小时的开幕盛典极尽奢华,卡塔尔人既向人们骄傲地展示了这片神秘的沙漠绿洲,更是通过自己的眼光再现了瑰丽奇异的全亚洲文化。然而,一场不期而遇的大雨却给多哈亚运开幕式多少带来了些许遗憾。卡塔尔是个干旱国家,全国年平均降雨量大约60毫米,然而就在这天,多哈似乎把全年的雨水都下完了。

看到这一幕的人们不禁担心:2008年8月8日的那一天,北京会下雨吗?

郭文利说:"对于8月8日这天的天气我们单独也进行了分析,这一天出现降水的机会还是有的,大约在50%左右,也就是两天有可能下一场雨,并不是特别有利。"

北京市气象台首席预报员孙继松也认为,从科学的角度来讲,是不可能在很长的时间之前去预测2008年8月8日晚上8点到底会发生什么样的天气状况。卡塔尔是一个沙漠国家,水对于当地来说是一种非常重要的资源,甚至比油还要贵重得多,因而降水对他们来说是非常稀罕的一件事情。当时卡塔尔人查了几十年的资料,最后认定在亚运会期间几乎不可能发生降水。对于他们来说,出现降水的概率几乎低到了几十年一遇,然而它又确确实实发生了，而且产生了很大的影响。这件事给我们的启发是，即使某一类灾害天气在赛事期间发生的概率非常低，也不能因此就排除这种天气现象的发生，所以我们应把各种灾害天气的可能性都想到，并进行相应的准备。

作为北京市气象台首席预报员的孙继松，曾在 2004 雅典奥运会期间，作为中国奥运气象代表团成员赴希腊参加了气象服务工作，目的就是为北京奥运气象保障直接积累经验。从那一刻起他和他的同事们就开始为 2008 年北京奥运的气象服务做深入细致的准备工作了。他说：

每年的七八月份，北京处在全年最热的一个时段。如果不下雨，气温就会很高；如果下雨，降水的强度又会很大。这就是北京在这个季节的气象背景，温度高、雷暴多，暴雨也相应增多，这也是由北京的地理位置所决定的。

北京的地形特点是西面、北面和东北面群山环绕，东南面是向渤海倾斜的大平原。最重要的是北京处在北纬 40° 附近，从而形成了世界上最典型的温带季风气候：夏季高温多雨，冬季寒冷干燥。2006 年的 8 月 8 日北京就是一个降雨天。面对 8 月主汛期的北京来说，2008 年的 8 月 8 日下雨似乎不可避免。

孙继松认为："奥运会期间，几乎所有夏季恶劣天气的可能性北京都是存在的，比如暴雨、高温、雷暴，甚至冰雹，都有可能出现。"

8 月 8 日这天是否是最为合适，现在谁也不敢肯定地说。气象专家们结合了众多资料，经过科学缜密的分析后，确定这一天是比较合适的。不过，这只是一种分析，由于现在的技术还无法达到完全精准地预测天气变化，一切天气变化都有可能发生。假如开幕式那天不是万里无云，偏偏碰上倾盆大雨，我们又该怎么办呢？

奥运会的开幕式，历来引人注目，而打造一台很多年后还让世界津津乐道的开幕式，是运动会承办者的梦想。

北京市决策气象服务中心

不管2008年8月8日那天的天气如何，准确预报天气情况对孙继松和他的团队来说责任重大，他们必须精准预报那天每个时间段的天气变化情况，甚至要精确到每一小时、每一分钟。就像北京气象局奥运气象服务领导小组王玉彬说的那样：我们一定要把8月8号的预报做好，这是所有问题当中的重中之重。

但是，如何确保那天天气预报的精确呢？

2006年12月8日，在西昌卫星发射中心成功发射了中国"风云二号"D气象卫星，它的目的就是全面负责预报北京奥运期间的天气，特别是奥运会开幕式、闭幕式等大型活动及重要赛事时的天气变化情况。它将与其他气象卫星一起，结合多普勒雷达探测器，为北京奥运气象保障体系提供准确、及时的服务。它将为奥运期间精准预报每个场馆、每个时间段的天气情况起到了关键性的作用。

但是，如果准确预报的是恶劣天气又该怎么办呢？对于恶劣天气造成的影响，我们是否完全束手无策呢？

在北京市气象局有一个人工影响天气办公室，它的任务就是在气象预报员准确预报了不利天气后及时采取有效措施。

北京市气象局人工影响天气办公室副主任张蔷介绍说："2002年，北京市科委给我们下达了相关的科研课题，其中最主要的就是开闭幕式的人工消云减雨和防雹。

什么叫做消云减雨法呢？事实上，从某种程度

上讲它和人工降雨非常相像，也是在距上风方向大约 50 千米的位置，向云层中打进碘化银，以增加它的凝结核。上面不是有厚厚的积雨云吗？在人工影响下，让云稍微往上走 50 千米，等云飘到北京上空时已经下不了雨了。还有一种办法，就是借助喷洒催化剂的作用，减小积雨云中小冰晶的体积，这样它就不会从云层中掉落在地面上，也就不会降雨了。这就是消云减雨的根本原理。

张蔷和她的团队在 5 年多的时间里，不停地穿梭于北京郊区的二十多个人工消云减雨实验点，这些实验点对保证 2008 年奥运期间北京主要场馆上空一片晴朗将起到重要作用。他们从 2002 年开始就着手消云减雨和人工防雹的实验和演练工作，目的就是要把经过北京上空的雨水提前降落或憋住不下，把大雨、冰雹等坏天气拒之门外，切实起到为北京奥运保驾护航的作用。

2005 年的 6 月 2 日，张蔷和她的团队进行了一次实验。通过飞机向云层播散硅藻土，仅仅 2 分钟以后，云层整体就发生了变化，在人工对它进行播散以后，云层垮台了，5 分钟以后云就没有了。

实验的成功极大地鼓舞了张蔷他们，大家都非常兴奋，尝试到这个胜利的喜悦，所有人都特别激动。

如果风云气象卫星预测到北京上空有出现冰雹天气的可能，则可利用高炮将大量碘化银等催化剂发送到云层，在云中形成大量的凝结核，使原本容易形成大冰雹的云层，由于突然出现大量的凝结核，使得冰雹的体积无法扩大。因而不能形成冰雹降落地面，化解了冰雹天气产生的危害。这些高炮就是用来防止冰雹的装备。

目前北京市人工影响天气办公室已经配备了飞机、火箭、高炮等设备，建立了多条消云减雨的人工防线，争取做到使大雨化小雨，小雨变无雨。把雨水严格控制在主会场以外，尽量减少对奥运会开幕式及其比赛的影响。到

时二十多个作业点将在北京上空形成一张看不见的天罗地网，对同期可能出现坏天气的云层提前进行消解。

　　如果出现降水天气，气象部门将在力所能及的范围之内，使降水提前落下，使得北京地区的降水对奥运赛事的影响降到最低。

　　为了迎接2008年8月8日——北京奥运会的到来，奥运气象服务中心的所有工作人员从精确预报到有效干预，都为这天做好了一切必要的准备。

（齐义民）

风之战士

　　王勋年走进家门，看见爱人唐宝玲在洗东西，他没有和她说话，直接走进屋里去了。

　　王勋年这些日子难得回家一趟，因为新型飞机空气动力学方面的测试工作十分紧张，刚进家门的他来不及跟妻子打招呼，就一头扎进屋里去了。

　　妻子唐宝玲洗完东西回到屋里，看到王勋年在书架前翻她整理过的书籍，一向爱整洁的她心里有些不愿意，她指着一地的书对王勋年说："你干嘛？你把这些弄乱了。"看到老王仍然在翻看那些书籍，她叹了口气说："这些都是你不用的，好烦，我根本受不了。"

　　这一幕在空气动力学专家王勋年的家里经常出现，老王自己都说没办法。

　　而这一次是因为王勋年遇到了一个棘手的问题，他要在风洞中测试新一代的飞机外形和发动机进气道与出口喷流方面的空气动力学指标，为研究飞机性能提供理论数据。他面临的是一场看不见硝烟的战斗。

空气动力学不仅仅涉及航空航天，甚至建筑和体育活动都与它有着非常密切的关系。爱好军事的人都知道，在 2007 年 2 月份召开的全国科技大会上，我国的歼 -10 飞机凭借多项成果获得国家科技进步特等奖。可以说，这是建国以来我国航空事业最大的一次突破。而王勋年在歼 -10 的全部研究工作中就负责空气动力学的部分，并且他还是总工程师。

空气动力学方面的测试对于飞机而言，很多数据并不是在天上完成，而是在地上完成的。那么地上靠什么设施来测试呢？那就是风洞。可能很多人对于风洞到底是什么根本说不清楚，甚至连风洞这个词都很少听说。风洞究竟是个什么东西呢？

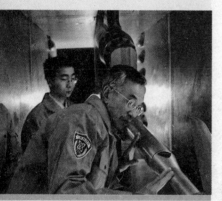

王勋年解释："风洞是一个人造的气流管道，从这个地方可以产生测试需要的气流。这种气流速度可以很低，低到每秒钟几米，也可以很高，甚至高到几十倍于声音的速度。只要能够产生这样一种气流，人工控制这种风的话，我们都可以把它叫做风洞。"

可以说，风洞是各种飞行器诞生后的第一片天空，它的产生是基于物体相对运动原理，即飞行器在静止的情况下，仅靠改变气流的运动状态来模拟它的实际飞行过程。那么，风洞究竟有什么功能？它的这些功能又是怎么实现的呢？

1903 年美国的莱特兄弟驾驶人类第一架飞机完成了航程不足 30 米、时间仅为 12 秒的空中旅行，这次飞行被誉为开辟了人类航空航天的新纪元。然而很少有人知道，为了这辉煌的瞬间，兄弟俩曾在一个特殊的装置中，对他们的飞机进行过无数次的模拟飞行试验。后来，这个装置被人们称作风洞。

直到今天，风洞仍然发挥着它不可替代的作用，王勋年和同伴们也在利用风洞研究并解决新型战机飞行中可能出现的问题，这远比莱特兄弟那样的"前辈"当年研究的内容复杂得多。

刘义信研究员说："要设计一架新飞机，在不了解它的空气动力学特性

之前，有很多研究要在风洞里面进行。比如飞机在某一个角度的升力是多少，阻力是多少，侧向力是多少，俯仰力矩多少，平衡力矩多少，滚转力矩多少等等，这些数据都能在风洞里得到。"

我国在研制飞行器的过程中，对它的各项技术性能和安全性提出了很高的要求。歼-10飞机是我国的新一代战机，担负着保卫和平的使命，它的各项性能的好坏都显得尤为重要，而风洞试验又为战机在实战中能够维持稳定性能提供了保障。

实际上，风洞就像模拟的一片天空，能够人工控制气流，可以度量气流对物体的作用，为飞行器的设计、选型及改进提供理论依据。

在风洞试验中，试验段的气流要求平滑、均匀，那么如何才能满足这样的要求呢？首先，气流要经过巨大风扇的推动作用向前旋转流动起来，由于风洞使用的是循环方式送风的，所以在各个拐角处都安装了导流片，使风按照一定的流向行走，在通过蜂窝状的整流过滤装置以后，气流更加平顺。当气流最后通过收缩段时，气流速度明显提高，通过实验段后，进入下一个循环状态。

王勋年和同伴们将新型战机按实际比例缩小后安装在风洞中，因为飞机在飞行过程中要进行很多空中动作，他们除了要考虑周围气流对发动机的作用外，还要考虑发动机进气和喷流的影响。王勋年说："进气道的作用主要是，在飞行的时候使外面的空气进入到发动机，待发动机工作后再喷出来，我们称之为喷流。进气道试验的目的是要研究进来的空气的流动特性怎样，压力分布是不是均匀，会不会随着时间发生变化。这是发动机安全工作需要的一个参数，如果进来的气流很乱，发动机就可能停车，就会出现事故。"

在以往的发动机风洞试验中，只能进行单一的进气或喷流试验来模拟发动机的工作状态，效果不是很理想。王勋年想，能不能同时模拟进气和喷流，研制一个能够抽吸大量空气又能产生喷流的动力模

拟装置呢? 没想到, 这个想法竟成了他日后起步的一个标志。

王勋年提出一个大胆的设想, 利用引射原理来设计一个装置, 这个装置叫做引射装置, 用它来模拟这个整个过程。

那么什么叫做引射原理呢? 打个比方, 假如我们开着一辆小车行驶在高速公路上, 而这个时候从旁边飞速驶过一辆大车, 这时候我们会感觉自己开的小车有些飘, 有些晃动, 那是因为旁边的大车开得太猛了, 小车被风给兜了一下。这个兜一下的过程, 实际上与引射过程非常相似。当旁边有个高速行驶的物体过去后, 它会带动空气的扰动, 产生了一种向前抽气的感觉, 这就是引射原理。而王勋年提出的引射装置就是按照这个原理设计的, 通过这个装置能够在风道中产生那种抽气的作用, 将空气带走。

为了实现这个想法, 王勋年做了很多尝试, 连他自己都说: "为了解决这个问题, 我们费了很大的周折。操心的事比较多, 对于一个全新的东西, 效果到底好不好你是不知道的。"

由于试验工作高度紧张，王勋年的身体有些吃不消了，看到这一情况，他的爱人唐宝玲十分着急。她回忆说："有一次他在家正吃着饭，突然心跳过快，当时就不能动弹了，不行了。我赶快扶他到床上去休息，又到医院叫医生过来。医生说他这种千万不能动，可他刚刚在床上睡着，没过5分钟电话来了，通知他下午开会。我说：'那我给你请个假吧。'他说：'我是课题组组长，不参加怎么行？'我不同意他就跟我争，我也没办法，只能由他去。那段时间，因为他的事我都不知道流了多少眼泪。"

那一段时间也正赶上女儿王文惠中考，文惠非常想让父亲给自己辅导一下，但王勋年工作太忙，很少回家。后来唐宝玲想出一个方法，她让女儿把不懂的问题写在纸上，然后带给王勋年。

于是王勋年的口袋里就多了一些纸条。每当工作休息的时候，他就拿出这些纸条，认真地写写画画。同事们知道后，都为他这种父爱而深深地感动。

几经探索，王勋年和他的同伴终于研制出了新型的动力模拟器，既可以节省时间和成本，技术上也更加完善。

事实上，在风洞里进行测试的不仅仅是飞机。熟悉赛车运动的人都知道，法拉利也曾出现过风洞问题。在风洞中测试汽车也是对风洞很好的利用。王勋年曾说："风洞不仅可以进行汽车、建筑物的测试，它对于跳伞也有相当大的辅助作用。"为什么这么说呢？第一，跳伞首要考虑的是一个人的心理因素问题，不论是谁，只要是初次训练，上了飞机背上伞包，等舱门一打开，绿灯一亮，听到旁边有人说跳，对于任何人来说都是一种心理上的考验。一个人面对白云、大地，第一次从那么高的地方往下跳会是什么感觉？在这个时候，一般人都需要在别人的帮助下才能完成这次训练。第二，在进行伞降的过程中，必须要达到一定的高度，可是飞机要飞到那个高度上是需要一定时间的，几十分钟或是一两个小时，这样一天下来，真正的跳伞时间就没有多少了。另外，还受到天气情况的制约，经济条件的制约，因为飞机飞一趟是需要很大的花费的。综合以上几个问题，可以说风洞给跳伞另辟了一条新路。

立式风洞又称垂直风洞。它最初的主要作用是研究飞机失速时的尾旋现象，尾旋是由于飞机本身在飞行中角度发生变化失去升力而产生的现象。如果能在风洞中找出对应的方法，就相当于在地面完成了一本最高难度的飞行科目手册。随着风洞试验技术的不断发展，立式风洞逐渐成为了跳伞队员们的天空。

王勋年他们曾建立过一个立式风洞，他说："我们建这个立式风洞的目的，就是要在这个区形成一种从下往上的比较高速的气流，气流的气柱直径为5米，高为7.5米。在这样大的气流速度下，可以直接将气流吹到入口。"

与过去的飞机跳伞训练方式相比，立式风洞为跳伞队员们的训练提供了不少便利，它兼具了安全、经济、高效的优点。由于风洞是进行相对运动模拟的，因此只要提供和跳伞员下降速度一样的风力，跳伞运动员就可以长时间地留在半空中，而成本还不到常规训练的1%，这样既锻炼了跳伞队员的基本功，又提高了训练的安全性。

以往空降兵在地面的训练主要以跳步训练为主，有了立式风洞后，大大缩短了他们的训练的。"八一"跳伞大队大队长黄鸣说："飞机跳伞需要一定的训练时间，自从有了立式风洞后，飞行员一周的训练量基本相当于飞机跳伞两年的训练量，所以它的训练效率是非常高的。"

一般来说，风速达到32米/秒时就是12级台风，而在空中跳伞的相对速度是45米/秒，跳伞运动员在一个开口的风洞中训练，在如此大的风速下，怎样才能保证训练人员不会飞出去呢？

风洞的种类有很多，按试验段来分，有开口式、闭口式和可开可闭式等，但无论哪一种形式都与模拟的环境有关，选用开口式风洞，实际上是模拟了

训练人员空中下降时的大气环境。

　　吴海赢工程师解释说："我们各家都有水管子、水龙头，水从水管、水龙头里流出来的时候，不是刚一出口就散开，而是要往前流一个稳定段，到达某一个边界时才散开。这个稳定段通常是水管出口口径的1.5倍，也就是说风从下往上，从试验段的出口以5米口径喷出来，所以我们选择开口的射流高度在7.5米左右，也就是说，在实际做试验的时候只有站在这个试验段出口上方7.5米高度的位置时，才会感到有气流往外跑，也就是到达它的边界了，而

在这个高度的下面，在这个周围是没有这个感觉的。"

那么，人在这种条件下为什么能够浮起来呢？道理很简单。许多人小时候都玩过一种小玩具，就是用一根吹管，在前面放一个篮筐，篮筐里再放一个小球。当我们吹气的时候，小球不会离开篮筐的周围，只不过上下略有浮动而已，如果风速更高，小球就可以浮得更高。通过这个例子可以看出，无论是小球还是跳伞队员，都是因为下面有一股强大的气流在拖动着它，而且这个气流是匀速送出的，所以能够浮起来。因为无论是风洞也好，我们的吹风机也好，原理都是一样的，都是靠发动机来工作的。

有一个叫娱乐风洞的地方，在这里人们可以体验飞行的感觉。

风洞设计专家刘政崇说："这个风洞的直径线段是 12 边形，对边距离是 3.6 米，高度 6 米，这样人就可以在里面飞行了，这个规模的风洞一次可以供 3 个人使用。"

看得出来，人们在风洞中能够飞起来，一个是借助人造的风力，另一个是掌握了其中的技巧，很好地处理了人体和风力之间的关系。刘政崇说："这个风洞的原理就是利用人在空中漂浮的时候，人的重力和下面的浮力相等，这时候人就会浮起来。而之所以人在风洞里要穿上飞行服，其目的就是增大阻力面积和迎风面积，这样一来，在同样的速度下就能飞得更高。"

风洞可以实现人们飞翔的愿望，只要方法得当，普通游客都可以在这里体验到环境和风速的感觉，都可以飞起来。

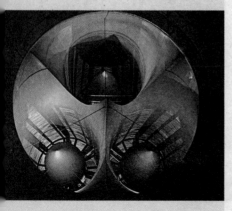

别看风洞是在地上，但是它却关乎我国的航空航天事业，关乎我国的国家建设和经济建设。像王勋年那样默默无闻地为风洞守候一生的风之战士，他们实在太伟大了，值得我们一生尊敬！

1980 年 5 月 18 日，我国向南太平洋海域成功地发射了一枚远程运载火箭。这次发射引起了世界上许多国家的关注，一些航天大国的专家们在震惊之余立即作出推断：中国在绝对保密的情况下，已经

建成了一个专门从事飞行器空气动力试验研究的机构，并且这个机构具备了相当的规模和较高的水平。

当我国的第一枚洲际导弹发射成功时候，这个消息轰动了全世界。这一方面说明我们国家在武器方面有了长足的进步，另一方面也说明，我们国家的科学技术在这一领域取得了突飞猛进的进展。当时国外觉得匪夷所思，认为中国的导弹腿短，中国的运载火箭腿短，不可能将其用于运载和发射核武器。但是为什么这回有这么大的突破呢？直到时隔 8 年之后，当我国媒体正式公布在西南某地，我国的风洞群建成之后，人们才恍然大悟。

通过上述对风洞的一些具体的运用的介绍，可以得知：风洞是一种做实验所使用的地面设施，它用于航空、航天，甚至建筑和体育运动等领域。航空航天产品设计到一定阶段需要对其进行风洞试验，测量其在气流冲击之后一系列的数据，以便产品进一步的定型和改进。因此，对一个国家而言，风洞代表了国家的工业技术，是反映国家科技水平的一个重要标准。有这么一句话，无论是航天飞机，还是宇宙飞船，还是普通的飞机，都是被风洞吹出来的。这句话到底该怎么理解呢？

神舟系列飞船相继成功飞上太空，中国已经进入研制载人航天飞行的阶段，这对火箭的技术性和安全性能提出了更高的要求，在空气动力学方面的研究显得更加重要。航天专家们发现，从火箭待发的那一刻开始到升空的这短短一两分钟的时间里，火箭发生事故的频率，远远高于其他时刻，国际宇航界的事故中有一半以上都是火箭最初飞行阶段发生的。这一情况使得中国的火箭设计研究者们格外的用心。为了保证航天员在火箭最初飞行阶段的安全，神舟载人飞船设计师在飞船上安装了逃逸飞行器。逃逸飞行器是由一系列固体发动机组成的小型火箭，安装在火箭的顶部。逃逸塔和装有轨道舱、返回舱的整流罩巧妙地连接在一起。当出现危险的时候，它可以迅速让带有航天员的整流罩飞离险境，然后抛掉逃逸塔和轨道舱，利用降落伞使返回舱落到安全地带。

刘长秀研究员是神舟载人飞船空气动力学试验方面的专家。她的首要任

务就是对飞船当中的逃逸飞行器进行空气动力学方面检测，就是通过测量发动机喷流对逃逸飞行器气动特性影响，从而对飞船整个逃逸救生系统的可靠性、稳定性和可操纵性进行地面考核。她和同事们肩上的压力非同一般。

刘长秀说："这个压力一方面来源于这个项目我没有做过，第二个就是这又这么责任重大，它毕竟关系到我们飞船的安全，我们宇航员的安全，我们设备的安全，也关系到我们国家的荣誉。"

由于逃逸飞行器有多个发动机和喷管，在从低空到高空几十千米的距离中，飞行情况和压力变化对它的影响十分复杂。为了要模拟 40 千米高空能够达到的压力，需要计算出喷口喷出来的那个压力。这个压力相当于在地面上压力的 100 倍，这样高的压力对在风洞里面做试验来说，我国也是首次，所以这个外形是首次，多个喷管是首次，头部是首次，压力高度的范围也是首次。

对于一些物理概念而言，一旦加上一个前缀——高，意味着它的程度就变了，甚至后果都可能发生巨大的改变。人们知道高压电是很危险的东西，其实高气压也是同样如此。虽然说经常看到一些电闸上面写着一个电的符号，写着高压危险，请勿靠近。但谁也不可能说是在锅炉上贴一个高压危险，请勿靠近这样的标志。实际上，这些东西也都是万分危险的，比如家里的高压锅，高压锅里面的大气压是多少呢？是 2 到 3 个。虽然说这个值好像没有升到多

大的范围，但是一旦爆炸，后果也不堪设想。大型锅炉里面大概是 5 到 7 个大气压，一旦爆炸，厂房马上就毁掉了，更不要说这种 100 个大气压的设备了。

为了我们国家的航天事业，刘长秀 20 世纪 60 年代就来到深山投身空气动力学的研究，她工作常常要与几十个甚至上百个大气压力打交道。刘长秀知道，虽然大家的心情迫切，但是对待这个工作还是必须得谨慎小心，因为高压这个东西它实

在实在是太危险了。

　　加压本身就是十分危险的工作，当压力达到几十甚至上百个大气压时，输气管线中的任何一个环节出问题都会酿成巨大的损失。多年前的一次加压试验使刘长秀终生难忘。刘长秀说："当时，我们做的是20个压的喷流试验，现在来看是比较低的喷流试验，我们那个设备，后来因为它振动脱开，它就这样摔打，猛然一下爆裂，嘭一下就像突然间打雷那样，啪一下就乱响，然后就震得厂房的玻璃破碎，所以一下子就挺可怕的。"当时刘长秀正在测量、记录数据，距离现场的输气管线不到一米。从此引起了他们非常高的警惕，地面上的试验像飞船发射一样，也是需要各个部门进行协同准备情况，全部准备之后，像吹风一样，需要统一口令，统一操作。

　　刘长秀非常清楚，逃逸塔的空气动力学的检测指标如何，遇到危险时能否正常工作，这些都与他们的试验数据息息相关，他们把国家荣誉、航天员的生命和自己紧紧地联系在一起。试验就是把上百个压力引到风洞当中，按照模拟的参数再喷射出来，模拟发动机点火的状态，然后实验飞行器表面上这些气动特性。预先通过庞大的压气机系统，使压力达到试验所需的压力。为保持压力，采用了各种密封方式，根据模型里面的实际空间容积来把这个压气引进到里头来进行这个实验。由于试验要在高压气体喷流试验场地进行，几十个上百个大气压产生的噪声非常大，尽管采取了防护措施，科研人员相互间交流还是要通过手势或者写字。试验过程中，科技人员忍受着无法接受的高频噪声，尽管他们都封着耳朵，但做完试验后的几天里耳朵还是始终在鸣，尤其是休息不好的时候，耳鸣使人心烦意乱。就是这样，历经一年多的反复试验和认定，刘长秀他们按照模拟参数把试验结果一项一项完成。当把试验数据交给使用单位的时候，他们的心理非常矛盾，既希望自己的工作得到实际的检验，又希望检验千万不要发生，因为他们的工作得到实际的检验就意味着飞船发射中发生了事故。

在神舟载人飞船顺利发射和返航的时刻，刘长秀和她的同事们才舒了一口气。谈到她钟爱的气动学研究，她自己的感受时，她说："我就觉得我的依赖思想比较少，在工作和事业面前，我从来没想到自己是个女人，我往往忘记了自己的性别。想到的就是尽我所能工作，尽力地要做到问心无愧。"

爱好军事的人都知道，战斗机上有一种弹射椅子，叫做零高度，零速度弹射椅子。比如，当一架直升机马上就要坠落在地面的时候，它的零高度和零速度弹射就可以发挥作用，保证驾驶员的安全。如果两架高空的作战飞机突然出现问题，比如空中停车——发动机熄火，然后飞机会一头往下栽，栽的过程当中还会进入螺旋状态。这个时候飞行员又该采取什么方式来保证自己的安全呢？

自从美国莱特兄弟发明飞机以来，飞机的应急救生系统始终是世界各国航空界关心的问题。最初飞机由于速度较低，飞行员在飞机发生故障时要想救生就要背一个救生伞，从驾驶舱爬出来再跳伞，以此获得救生。在一战、二战时期，飞机速度都不是很快，一旦飞行中出现了问题，飞行员将机头向下转，使其大头朝下，飞行员从座舱里面爬出去，就可以完成跳伞的过程。随着飞机的速度提高以后，当飞行速度达到时速 400 千米的时候，再靠身背

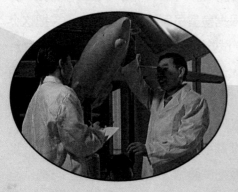

救生伞靠自己的体力爬出驾驶舱就无法办到了，因为人体的力量不足以克服气流带来的力量。在现代先进的战斗机、超音速飞机的飞行过程中，如果还要采取以上措施，飞行员在弹射的瞬间就有可能被强大的气流击伤，甚至会被扭断颈椎。

当飞机出现了螺旋，大头朝下拼命旋转的时候，飞行员又该怎么保证自己的安全？为了解决这个问题，弹射救生系统应运而生。伴随着飞机飞行速度和机动性的不断提高，对弹射坐椅性能在各种飞行姿态、飞行速度和机动性能方面，提出了更高的要求。

弹射坐椅在投入使用前，要对其进行空气动力学方面的检验。通过一个特殊的试验装置，让它在风洞里模拟空中飞行时可能出现的各种姿态，在这种情况下测量它的受力情况，作为弹射救生系统在进行系统设计时主要的依据，研究怎样进行控制，让人椅系统能够保持稳定的姿态。

空气动力研究基地的陈德华研究员参与了弹射坐椅的风洞试验工作。弹射坐椅需使用跨声速风洞，它可以消除激波对测试的影响。陈德华清楚地认识到，虽然可以在这里模拟多种状态下的风速情况，但是飞行员和坐椅是一体的，首先面临的计算和测量它的任务将十分繁杂和艰巨。凭着陈德华多年的风洞试验经验，他设计了一套特殊的试验装置，用来支撑模型的工具。陈德华带领着同事们进行了一次次试验，试图找到最佳的试验方案。

尽管预先在风洞中采取了多种措施消除干扰，但试验结果却显示，洞内的气流达不到规定的指标。这个问题困扰着陈德华和他的同伴们，后来，他们发现支撑架迎风面积太大，堵塞了气流的通行，导致了研制的装置无法正常测量弹射救生系统的各种性能。

如果这个问题解决不了，整个试验就无法继续进行，我国第三代弹射救生系统在空中复杂姿态的地面模拟受力的情况，就无法在地面试验室里模拟出来。

那些日子陈德华和同事们非常着急，脑海里不断思索着各种解决方案。

对弹射坐椅的支架的研究，主要是从强度、角度等多方面进行的，这同样是一个复杂问题。为此，陈德华和许多科研人员想了很多办法。他说："这个问题我们以前没遇到过，也没有经验，国外也没有类似的试验装置。在发现这个问题后，我们根据以往掌握的知识和风洞试验的经验，终于想出了一个比较巧妙的试验装置。"

陈德华和同事们想出的这个克服堵塞风道的办法，就是采用分散支撑等综合手段来代替单一整体支撑，这样既满足了试验强度上的需求，也解决了人椅救生系统在复杂姿态下测量的技术问题。

陈德华和同事们经过不懈地努力，终于解决了在弹射坐椅的空气动力学测量方面的技术难题，也为第三代弹射救生系统的诞生铺平了道路。

可以说，风洞是我国航天事业起飞的摇篮，而为风洞默默奉献的这些风之战士，都是我们心目中的英雄。现在，风洞已经不仅仅应用于我国的航空航天事业，同时还成为了建筑、桥梁、汽车等工业的试验场所。位于上海浦东的东方明珠塔在正式建成之前，也曾经被制作成模型，在风洞里进行了上千次吹风实验，并且根据实验的结果，改变了它的外形设计，使它能够抵抗住每秒 35 米，相当于 12 级大风的强风速度。在多次遭受台风侵袭后，东方明珠塔依然屹立不倒，其中风洞立下了赫赫的汗马功劳。我们期望风洞的应用今后能够扩展到更多的领域，我们也会永远地记住为了我国航空航天事业，为了风洞而默默奉献的这些风之战士。

（齐义民）

CCTV

代号221

　　原子弹概念的产生，源于人类对微观世界的逐步深入了解。早在古希腊德谟克里特所处的时代，人们就已经提出了原子的概念。原子是指什么呢？就是物质世界不能再被分割的最小的微粒。这个概念在人们的认识里一直持续了几千年。直到20世纪初，卢瑟夫首先完成了对原子核的轰击，打开了原子核的这个大门之后，人们才发现，原子核里面竟然别有天地，其中蕴藏着如此巨大的能量！

　　1945年7月，美国新墨西哥州，一个地图上并不存在的神秘区域成功引爆了人类历史上第一颗原子弹，从此世界进入到原子时代。让人们不曾想到的是，仅仅在20天后美国便向日本的广岛和长崎投掷了两颗原子弹，原子时代的到来使人类的和平与命运开始遭受更大的威胁与挑战。以美国和前苏联为首的两大军事阵营之间，核军备竞赛愈演愈烈，原子弹的巨响使整个世界陷入了核恐怖之中。

　　1950年，抗美援朝战争爆发，美军第七舰队开进台湾海峡，一时间形势

异常紧张。美国五星上将麦克阿瑟扬言，要在中朝边境建立一条核辐射带，美国总统杜鲁门也表示，一直在积极地考虑使用原子弹。面对超级大国的核讹诈，刚刚诞生、百废待兴的中国如何维护自己的主权与尊严？1955年1月，毛泽东主持中央书记处扩大会议，做出了中国要研制原子弹的战略决策。然而，原子弹作为尖端武器，在当时只有美国、英国和苏联拥有，一个庞大而危险的核武器系统工程该如何研制？又在哪里研制呢？

1995年以后，无数的普通游客开始踏上了一块神秘的土地，而在此之前，这里却是不允许任何人踏入的名副其实的禁区。

这个神秘的地方是一片一望无际的草原，晚归的牧人、袅袅的炊烟，还有成群的牧羊，这里的一切让人心醉神迷。草原上竖着一块碑石，上面写着3个大字——金银滩。

金银滩，多美的名字啊，它位于青海省青海湖的东北部，面积近2 000平方千米，平均海拔3 150米，是藏、蒙等游牧民族的世代家园和冬季草场。关于它的传说也非常动人。据说当年王洛宾跟随导演郑君里在这里拍完电影之后，在回去的路上认识了姑娘卓玛，于是写下了那首动人的歌曲《在那遥远的地方》。后来，凌子风又在这里拍摄了一部电影《金银滩》，可让人不解的是，《金银滩》在公开播映半年之后就被勒令禁播了。不仅如此，居住在这周围1 170平方千米草原上的一千七百多户牧民也赶着牛羊，收拾好自己的帐篷，永远地离开了这里。从此之后的几十年的时间里，这里成为了一个普通人不能涉足的禁区。

为什么牧民突然迁出？为什么《金银滩》电影被禁映？这些似乎预示着这里即将发生极不寻常的事情。

夏季的金银滩是人迹罕见的草原，一望无际的绿茵上开满了金色的花朵。

面对这片美丽的草原，人们怎么也难以把它与一个惊世秘密联系起来。

原二机部军工局副局长张冶那在几十年后才为我们找到了这些问题的答案："我国要研制核武器，开始在全国范围内选厂址。"不过，按照最初确定的方案，并没有在青海建厂的计划。

就在张冶那一行按照原定方案选址时，突然接到了负责中国核武器研制工程的总指挥李觉将军的电话，向他们推荐了金银滩这个地方。李觉将军原是西藏军区的副司令员，他坐飞机从西藏往北京飞的时候曾经看过这个地方。

张冶那他们连忙赶到李觉将军介绍的金银滩，四下一看，这里实在是太好了，当即决定将这个地址写进方案里。他解释说："核武器研制需要打炮，最理想的地形就是在一个山沟里，隔一个山包有一个地方，再隔一个山沟有一个地方，这就是所谓的屏障。金银滩就拥有这样的天然屏障，要不然，就得人工兴建，费时费力。"

金银滩独特的地理位置和优越的自然条件似乎决定了这片土地的命运将与中国的核武器事业紧密相连。一千多户牧民积

极服从国家的需要，打点行装悄然离开了绿草丰美的天然牧场。

1958 年 5 月 31 日，时任中共中央总书记的邓小平批准了选址报告。金银滩近 2 000 平方千米的土地立刻变成了一个军事禁区。一块美丽的草原从中国地图上就此消失了。

至此，中国的第一个核武器研制基地开始筹建，为保密起见，基地代号为 221。

转眼间，美丽的金银滩变成了一个庞大的建筑工地，这个工地对外称为青海省第五建筑工程公司。来自建工部、铁道部、交通部、水电部、邮电部等 13 个部门的工作人员，以及工程兵、铁道兵、通讯兵等数万人告别亲人、战友来到这茫茫高原，克服高原生活的种种困难，不分昼夜地施工，目的就是为了早日研制出属于我们自己的原子弹。

随着 221 核武器研制基地的竣工，中国的核武器研制正式拉开了序幕。

这个处处笼罩着神秘气氛的地方，光是地名就有好几种说法，有人管这里叫矿区，也有人管这里叫建筑公司、221 厂，而这里真正的名字是刻在古石碑上的"中国第一个核武器研制基地"，这是由张爱萍将军亲自题词的。这段碑文告诉我们，中国的第一颗原子弹、第一颗氢弹，都是在这里研制完成的。因而，在1995 年之前在未经批准的情况下任何人都不可能进入到这里。而现在，为了纪念共和国这一段辉煌历史，国家特意在这里建立了中国原子城，以供大家游览参观。

221 核武器研制基地于 1962 年底初具规模，共有 33 万平方米的厂房、车间，18 个厂区星罗棋布地分布在一千一百多平方千米的大草原上。一条铁路横亘其间，将散落的棋子串联起来。四十多年前，在这些高大的建筑里曾经发生过什么，这些深藏在地下的掩体又是什么场所呢？

1964 年 6 月 6 日，在中国原子弹研制的历程表上是非常重要的日子。这天一早，基地所有处级以上的干部都被通知参加一次特别活动——集体坐车前往离基地中心最远的六厂区。

当时任基地保卫部副部长的刁有珠也跟随人群来到了现场，他回忆说：

"我们当时乘坐大轿车来到 610 工号的北山。我记得那天去了很多人了，李觉、朱光亚等领导也都到了现场。现场有一座小木头房子，那时候我们都不知道要做什么，后来有个技术人员告诉我们，今天是搞 65 试验。我问他：'什么是 65 试验？'他说：'就是原子弹的 1 比 1 出中子试验。'我们等了将近一个小时，突然警报响了，现场一下子安静下来，没有一个人出声，全体人员都目不转睛地看着那个小房子。大约过了几秒钟时间，小房子里发出火光，我看见那个火光红里带有点黄颜色，又过了一阵，蘑菇云就起来了，是白颜色的。"

刁老所说的试验场区是一个爆轰试验场，距离现在的海北州政府大约十多千米。由于爆轰试验存在一定的危险，所以这种试验区必须要远离基地中心。

基地掩体的顶端是 656 工号，当年进行爆轰试验时除了进行爆轰的弹体之外，周围装有很多探头，这些探头可以通过电缆接入到掩体下面的若干观察室中。现在，这里已经开放，周围又有了很多的牧民，他们在这里放牧牦牛，完全是一幅悠闲的田园景象。如果没有人介绍的话，恐怕很难想象得到，中国的第一颗原子弹的爆轰试验、冷爆就是在这里完成的。据了解，这里一共进行了 6 次试验，最终为我国第一颗原子弹的真实爆炸打下了坚实的基础。在掩体的前面部分，能看到的构成都是非常厚的钢板，大约有 5 厘米，整体是一块，在别的地方很难看到这么大的一整块钢板。细心的人会发现，在这块钢板上有很多坑坑洼洼的地方，这些坑洼到底是什么呢？其实，这些坑洼就是当年进行爆轰实验时，爆破的碎片冲击波射流等造成的影响。

当时进行爆轰时，比如冷爆时要加入一些贫油材料，这些贫油材料本身是具有一定辐射性的，所以 221 厂的员工们撤走之前对这里进行了一次地毯式洗消，并把有可能存在放射性物质的部分进行了一次彻底的、深度的清理分割，所以就留下了这些明显的印迹，就像是被人扒过的痕迹一样。除此以外，爆轰还留下了许多痕迹，其中最明显的就是那些或

方或圆的窟窿，大大小小、上上下下、高高低低的。

站在草原上放眼望去，金银滩上有许多隆起的大小不一的小山包，这些小山包在今天的我们看来不过就是一个景观而已，但在核专家眼里它们却大有用处。因为，可以以此为依托建造爆轰试验场。山体成为实验场的天然掩体，然后在掩体的一面建造一个防冲击的坚固的钢板墙，这样一个爆轰试验场就可以完工。工事依地形而造，省时又省力。这也是当年专家们选择金银滩的主要原因之一。

当年爆轰试验的观测场，也就是刁老说的小木房子，每一个房间都不大，里面黑洞洞的，给人一种神秘的感觉。这种小木屋是用来干什么的呢？据专家介绍，这种木屋是架设各种勘测仪器的，这样就可以从各种高处不同的位置来架设不同的仪器以观测爆轰实验的结果。这些屋子的间身大约在1.5米左右，外面是5厘米厚的钢板，屋子里还保存着当年留下的玻璃胶等物品，这些是用来防弹和防辐射的。人们可以通过墙上的孔隙，利用架设的仪器观测外面的具体情况。据说，整体建筑程度非常坚固，能够抵抗8级地震，所以当时有一位曾在这里工作过的领导说，即便是再大的地震来了，顶多就是把这个656工号在原地翻一个个儿，不可能出现任何建筑方面的损失。而今已是时过境迁，屋子外堆满了枯枝败叶，据工作人员说，鸟儿已经开始在这里筑巢了。

爆轰试验只是原子弹庞大系统工程中的一环，所有试验的依据都来源于理论物理学家的精确计算，没有他们的精心分析与推算，原子弹是很难研制出来的。在221基地有一栋独特的小楼，这里与那些我们耳熟能详的大科学家们不无关系。

在刚察路上有一幢3层小楼，楼前的标牌十分引人注目，上面写着"将军楼33号"几个大字，让人肃然起敬。楼里一共有23套房间，里面曾经住过多位大名鼎鼎的将军，比如张爱萍、李觉将军等。聂荣臻元帅也曾来过这里，在这里住过。住在这里的科学家就更多了，大家熟知的就有彭桓武、王淦昌、邓稼先、朱光亚、周光召等。这是一幢人才济济的小楼，里面曾经聚集了中国军事和科学领域的众多巨星，这里有很多值得我们去看、去回忆的地方。

曾经住在这里的英雄们，也给我们留下了一个个令人动容的故事——

49年前，毕业于德国柏林大学的核物理学家王淦昌来到了西部茫茫高原，与其他杰出的科学家一起，隐姓埋名十多年研制原子弹和氢弹，为我国"两弹一星"事业奉献了所有的青春和风华。

对于组织上的这次任务安排，王淦昌接受得十分坚决。原二机部部长刘杰回忆说："当时，我们邀请王淦昌先生到我办公室来谈话，说有一件很重要的工作请他来担当，请他考虑，就是参加原子弹的研制工作。他稍微沉思了片刻，就铿锵有力地说：'愿以身许国！'"

1958年，在北京中科院数理化部的研究室里，刚从美国留学回来的邓稼先在这里默默无闻地从事着原子核理论的研究。一天，已经担任二机部副部长的钱三强突然找到他，与他进行了一次秘密的谈话。当天晚上，邓稼先回到家中，平静地告诉妻子，他要调动工作了。

邓稼先夫人许鹿希教授至今仍记得当年夫妻之间的那次谈话："我问他调到哪儿去，他说不能说；我又问去干什么，他说也不能说；最后我请他给我一个信箱，便于我们通信，他还是说不行。再过了一会，邓稼先就没让我再问，他说：'我的生命就交给未来的工作了，做好了这件事，我这一生就过得很有意义。'"

从此，邓稼先的名字从学术界消失了。与此同时，中国的第一个核武器研究机构——二机部九局悄然组建起来，后来改称九院。邓稼先担任理论部主任，成为中国原子弹理论设计的总负责人。

原子弹的设计对于中国人是一个全新的领域。邓稼先根据手头掌握的极少的资料，选定了中子物理、流体物理和高温高压下的物质3个方面作为研究方向，带领设计部的28名同事开始了通宵达旦的学习与计算。没有先进的计算工具，就依靠纸笔、算盘和计算尺，几台手摇式乌拉尔计算机对于他们来说就是最先进的设备了。

这几台手摇计算机现在仍然保留着，在当年，它们的功能相当于我们现

在所使用的计算器，但是使用的方法非常复杂。很难想象，我们的核武器的研制工作者们就是依靠这样的机器完成了原子弹的计算工作，而他们用纸笔进行计算的稿纸码在一起，堆得很高很高，他们工作的艰辛和劳累可想而知。

在那遥远的地方，有一座美丽的草原，因为生长着很多金露梅和银露梅，这里被人称为金银滩。金银滩位于青海省海北藏族自治州境内，也许人们听说过这个名字，但更多的人不会知道，它竟然和我国核武器研制有关，同时拥有一个神秘的代号——221。

221核武器研制基地始建于1958年，占地1 100多平方千米，拥有18个厂区。3万多人在这里生活。整个厂区就是一个完整的小社会，公检法司一应俱全。现今十几个厂区已经被全部废弃，但是最主要的几个生产实验部门仍然完整地分布在草原上。

今天，就

让我们以一个旅游者的身份去探寻当年核武器研制者们的足迹。

当年的 101 车间，如今一片空旷，因为当年的机器设备都已经不在了，现在看起来，这里就像是经历了一场战争之后留下的工业废墟，能拆的机器设备全拆了，只留下了些水泥构件。

101 车间当年是干什么的呢？答案是，这里曾经是进行原子弹铀部件加工的。听起来觉得这里一定非同一般，但现在这里却成了堆放杂物的地方，再也找不到那时的神秘感了。车间周围的墙体很矮，每个墙体的间距只有一米左右，上面涂满了黑色的沥青，一般人不会知道这里到底是干什么的。

原 221 基地厂长王菁珩介绍说："101 车间是一个封闭型的车间。所谓封闭车间，就是毛坯进入车间以后，在这里按图纸需要进行加工。这里的工作程序并不复杂，仅仅只是进行产品表面的处理，比如去油、处理等。处理以后还要进行阳极化，就是在各个水池里完成这些工序，使产品上面有一层保护膜。"

101 车间的主厂房大约有四千八百多平米，这里是进行弹头体加工的。当然，现在已经看不到当年的原貌了，只能看见一些残存的设备，比如有 3 台天车还摆放在这里，人们也能从中看出当时生产的规模。有人说："别看这里是进行弹头体加工的，实际上它是用来加工有核放射性物质的地方。"听当地人说，这个偌大的厂房只占整个厂房面积的 26%。

留守在这里的一位工作人员介绍说："这里就是当年的两弹喷漆车间。给弹体喷完漆以后通过一条轨道，直接从这里拉出去。"工作人员指着石房另一端的一扇大门说："那边那扇大门，门很厚很厚，防辐射的。"

工作所说的那扇防辐射门经过岁月的侵蚀，而今看起来没有想象中那么高大、那么坚固。从外面看起来好像外皮上包了一层铁皮或铅皮，似乎也没有工作人员形容的那么厚。

与 101 车间紧挨着的是 102 车间，这里是原子弹和氢弹研制最为重要的材料加工地点。

据王菁珩介绍，一分工厂的 102 和二分厂是危险性比较大的两个单位，因为这里是从事核材料加工的，所以具有放射性和有毒有害。王菁珩说："当年工作人员在工作场所中都要穿着特殊的防护服装。"

如今面向世人开放的 102 车间内部，里面空空荡荡的，如果不是事先知道，从外观实在难以看出这里竟然就是我国核研究最重要的一个车间。之所以说这里是最重要的一个车间，是因为核武器的热核材料裂变材料，以及中子源的研制全都是在这里完成的，而这几样东西都是原子弹最核心的部分。在当年，这里绝对是戒备森严，严禁任何无关人等出入，221 厂撤出之后这个厂交给了海北州政府，所以人们才有幸进入到这里，感受当年核武器研制的场所，体验和想象当年人们的工作状态。

二分厂是当年最危险的两个厂区之一。走进入 221 厂二分厂的内部，首先感受到的就是这里占地面积非常大，不过这里已经很难找到当年核武器研制的蛛丝马迹了，乍一看上去，这里更像是一个城垣遗址。据介绍，这个看起来像城垣遗址的地方其实就是当年的掩体。

为什么要在厂房里设置这么多的掩体呢？这是由二分厂特殊的工作性质决定的。当年，二分厂是进行火工和总装的地方。我们知道，原子弹爆炸首先要依靠炸药的力量去轰击一个铀球，炸药在爆炸的过程中产生的压力会向四面八方扩散，火工的任务就是把炸药塑型成型之后，想办法把炸药的力量集中在一个点上。掩体另一侧残留的建筑物就是进行这项研究的，旁边一间较小的房子是当年存放炸药的场所，而远处的那座建筑就是当时原子弹的总装车间。由于这里面存放的炸药实在是太多了，为了防止发生危险，每一个办公区的周围都用厚厚的掩体来进行保护。

二分厂共有大小掩体 33 个，每个掩体上都有一根长长的避雷针以防止雷击。当年，厂区内实行严格的军事化管理，岗哨密布。走进用土堆作为掩体的厂房，就像是进入了一个迷宫，曲折的通道、大小的车间、醒目的标语随处可见。

在厂房的一面墙上，还能隐约看到当年的痕迹，一行属于那个时代、没有被涂抹掉的标语让人们仿佛回到了当年。那是一则安全警告："进工房，必

摸静电导体！"意思是说，这里存放了大量的炸药，如果不摸静电导体，很可能会引发意外事故。

给爆轰试验场区提供炸药的车间，也是这里最危险的车间之一。1961年冬天，车间里就发生了一次奇怪的爆炸。原221基地总工程师苏耀光回忆说："那是一次自爆，当时不知道是什么原因引起的，后来一查才发现是静电。"

从这些建筑中不难寻找到当年的影子，即使这里所有的工作人员撤走，所有的设备也被转移，从这些空空荡荡的厂房，墙上被人涂抹的字迹当中，还是能够感到历史的沧桑感。厂房的墙上留有一些铁挂钩，说明过去这里应该是架设了暖气的；一块看起来像是水泥砌成的地面上，仍然残留着很多凹坑。工作人员说："这不完全是水泥的。"可是为什么又要建成这样呢？原来，这个房间当年是用来熬制炸药的，在这个地方曾经摆放着几口大锅，把炸药放在里面进行熬制，熬制完以后送到另外一边的一个塑形车间。既然是熬制炸药的地方，也会非常危险，如果有金属物体碰到水泥地面可能会溅起火花引发爆炸，所以地面就被设计成了软性的。而那些凹坑的形成，就是因为当时熬制炸药用的器物，比如桶，因为受热表面温度比较高，因而在地上留下了这些痕迹。虽然设备拆走了，门窗也已经没有了，但是这些残留的东西还能告诉我们，当时是一种怎样的工作状态。

核武器的研制属于国家最高机密，因此保密管理要求极其严格，每个人只能在指定的工作和生活区活动。别人做什么不能问，别人问什么也不能说。甚至在这里，不同车间的工作人员互相之间都不认识，谁都不知道别人到底在哪里工作，在从事什么工作。

221基地导游周小静曾说过这样一个故事："有一对年轻的新婚夫妇，他们一起被抽调到这个基地来，由于221基地有非常严格的区域划分，所以他们在这里从来没有见过面。"

在221基地，厂与厂之间、厂和每个车间之间，甚至不同的办公室之间通行要有不同的通行证，这里一共有7个厂，光通行证就有六十多种。

　　这里的守卫是很严格的，这样严格的区域划分迫使这里的工作人员在基地原子弹、氢弹爆炸前从来都没有见过面，直到第一颗原子弹和氢弹爆炸成功了，他们才在庆功宴上见面。

　　在一幢特殊的建筑里我们看到，由于核技术人员的离去，没有人维护，因而建筑物的大门已经完全残破了。就在这幢楼里，科学家们完成了争气弹596整个组装过程，也就是说，来自包括兰州404厂在内的全国各地的所有零部件，都要在这个车间里组装成原子弹的弹头。尽管而今已是世事变迁，但是从建筑的规模还是能够想象得到，当年这里是多么的繁忙、紧张，而每个人的面部表情又是多么严肃的一个工作场所。

　　原子弹和氢弹总装调试完成后，就要运送到另一个秘密地点——新疆罗布泊进行爆炸。金银滩距离罗布泊数千千米，装满炸药和核材料的原子弹该如何运送？运送装车的车站又在哪里呢？

　　据介绍，在距离二分厂1千米远的地方有一个叫做上星站的火车站，从它的名字我们猜测，这有可能是人造卫星上天的意思，旁边高大的石柱见证着当年的历史。

　　当年在这里工作的许多老工人至今仍清晰地记得，在那个神秘的夜晚，他们是如何将原子弹进行装车的，更让他们记忆深刻的是，那趟列车被称为0次列车。

　　走在这条铁路上，让人无法不想起当年我国第一颗原子弹从这条铁轨上运出的情景。

　　1964年9月，原子弹的第一批部件开始启运。为了保密和安全，凡专列需要经过的地方，沿途的省公安厅厅长、铁路公安处处长都必须上车护送，所有的客车都要让路，所有横跨铁路的高压线都要停电，甚至连专列所用的煤都要事先用筛子筛过，防止煤矿带出没有爆响的雷管，以确保运输安全。就这样，原子弹被运往国家核试验场罗布泊。

原子弹爆炸最主要的部件是核材料和引爆装置。原子弹的引信点着后，弹体内还有一个点火装置，这个点火装置不是用明火，而是用我们肉眼看不见的物质结构中的一种不带任何电荷的中子进行点火。王方定院士当年在221基地研制的就是确保出中子的中子源点火装置，他介绍说："这是一个非常复杂的装置。宇宙的中子不是随时一定就能有的，必须要在你不需要中子的时候，确保没有中子，而在你需要点着的时候，又能突然产生中子，比如在百万分之一秒里，哪怕只产生了同一个中子就能点着。这个中子点着了一个铀，于是链式反应就产生了，就产生了核爆炸。"

1964 年 10 月 16 日 15 时，这是所有中国人异常期待的时刻。

中国第一枚原子弹在罗布泊上空爆发出惊天动地的巨响，爆炸当量为 2 万吨 TNT。爆炸产生的光辐射烧毁了汽车，而冲击波推翻了坦克，摧毁了附近的建筑，显示出巨大的威力。

原子弹爆炸时为何能产生如此巨大的能量呢？

在我们一般人眼里，用来制作原子弹裂变材料的铀 235 是一种很可怕的东西，它在元素周期表上排列第 92 位，如果一个碳原子质量为 12 克，那么一个铀原子的质量就应该是 230 多克，它的质量是非常重的。科学家之所以选用铀来作为裂变材料，就是因为它在遭受中子攻击的时候，很容易发生裂变反应。一个铀原子被一个中子打中之后，它会同时释放出两个中子。这两个中子再去轰击另外的两个铀原子核，然后又可以产生另外的几个中子，就这样链式反应会接连不断的进行下去。

很多人不理解，一颗小小的原子弹里面没装多少东西，为什么能够引起那么大的爆炸效果呢？这应该算是爱因斯坦老先生和他那个著名的公式：$E=MC^2$。C 代表光的速度，M 代表失去的质量，用失去的质量乘以光速的平方之后，所得到的能量数字是非常巨大的。也就是说，失去的质量同时可以转换成巨大的能量。具体地说，一个碳原子在转化为二氧化碳的过程中，它所释放的能量为 4 电子伏，而一个铀原子发生的裂变之后所产生的能量，是碳原子能量的 5 000 万倍，按照这个比例计算，用 1 000 克铀做成的原子弹所释放的能量，相当于两万吨 TNT，因而，原子弹爆炸所产生的威力是无限大的。

原子弹的成功研制为氢弹的爆炸打下了坚实的基础。从原子弹到氢弹，这是一次质的飞跃。

1967 年 6 月 17 日，一架战机在新疆罗布泊上空投下了我国第一枚氢弹。氢弹是比原子弹更为强劲的核武器，它是通过原子弹作为点火装置引爆热核材料而发生聚变反应，释放出巨大能量的核武器。

伴随着巨大的响声，空中升腾起宽达几十千米的蘑菇云，中国第一颗氢弹产生的爆炸威力为 330 万吨梯恩梯当量。这也标志着中国第一颗氢弹空投爆炸试验成功。

从第一颗原子弹研制成功到第一颗氢弹爆炸，美国用了 7 年零 3 个月，英国用了 4 年零 7 个月，前苏联是 6 年零 3 个月，法国是 8 年零 6 个月，而中国仅仅用了 2 年零 8 个月。中国的科研技术人员在实现从原子弹到氢弹的飞跃时，在速度上创造了史无前例的奇迹。

追忆过去，正是因为有了老一代科技工作者忘我的精神，才能让我国在短期内，完全依靠自己的力量，拥有了原子弹和氢弹，让我们能够获得今天和平发展的机会。我们每一个人都应该感谢那些科学家为我们今天的生活所作出的巨大贡献，他们在这片美丽的草原上奉献了自己的青春和热血。

我们也希望全世界都能像纪念 221 基地的那座丰碑——9 颗长钉和一只和平鸽的寓意一样，拥有长久的和平。

（齐义民）

飞向月球

2007年10月24日,"嫦娥1号"在火箭的轰鸣声中,被成功送入太空;到11月7日,经过第三次变轨之后,"嫦娥一号"开始进入到距月面200千米,周期为127分钟的圆轨道。至此,"嫦娥1号"正式开始工作,向地球回传信号。

"嫦娥1号"是我们中华民族的一大骄傲,为了实现这个梦想,几代人付出了无数艰辛和汗水,全国人民无不翘首企盼着这一天的到来。不过归根结底,"嫦娥一号"能够上天,源自我们对月球的详细探测以及认知的过程。

月球是离我们最近的一个天体,我们对它非常熟悉。从古至今,它是诗人墨客们吟咏的对象,也是让我们产生无数联想的一个天体。可是,月球到底是怎么回事,它的来历,它是怎样形成的,这些问题对于大多数人来说却显得有些陌生。

月球俗称"月亮"。作为地球唯一的天然卫星,每天周而复始围绕地球旋

转着。人们通过观察月亮形状的变化，发现月球环绕地球一周大约需要 29 天半的时间。于是，古人就把月球围绕地球旋转一周的时间称为月，成为根据太阳确定的年和日之间又一个计时单位。

据国家天文台教授李竞介绍，从甲骨文时期起就有"月"这个字了，从那时候起，连续不断四五千年间，我们中国人用来作为中间界定的时间段都是通过观察月亮得来的。

除了对月球旋转周期的了解之外，古人对月球上的图案也充满了好奇，想象着那里很可能也生活着和我们一样的人类，人们编织出了嫦娥奔月、吴刚伐桂、玉兔捣药等美丽神话。在古希腊，人们则想象着在月球上住着一位美丽的狩猎女神。

但是，地球和月球之间毕竟相距大约 38 万千米，人们在地面上仅凭肉眼很难看清月球上面的真实情况。直到 17 世纪，欧洲人发明了望远镜，人类才终于能够比较细致地观察和研究月球。透过望远镜人们第一次清晰地看到，月球表面布满了大大小小的环形山。这更激起了人们的好奇，开始琢磨月球和地球之间到底是一种怎样的关系？

一些天文学家在研究了月球和其他星球的一些观测资料之后发现，大约 6 亿年前，地球上一年的时间并不是现在的 365 天，而是 424 天。这一结果表明，那时地球自转速率比现在快得多。在 4 亿年前，一年有约 400 天，2.8 亿年前为 390 天。这说明每经过 100 年，地球自转周期就减慢近两毫秒。照这样推算，地球开始形成之初，自转的速度非常快。再结合对古代月食、日食资料的分析，天文学家大胆地提出了月球和地球之间是母女关系的分裂学说。

李竞解释说："在太阳系诞生之初，地球还没有完全成形的状态下，受到某种外力，月球从地球中分离出来的。这就好像是地球生出来的一个孩子，所以天文学家将二者的这种关系称为母女关系。"

提出这种观点的人认为，大约在46亿年前，太阳系形成时所产生的爆炸尘埃在引力作用下，渐渐形成了太阳以及围绕在太阳周围，包括地球在内的八大行星和众多小型天体。由于当时地球转速太快，把地球上的一部分物质甩了出去，这些物质脱离地球后形成了月球，而遗留在地球上的大坑，就是现在的太平洋。

可是，这个观点一经提出很快就遭到了一些人的反对。反对者认为，由于月球的直径达3 476千米，大约相当于地球直径的1/4，以地球自转的速度是无法将这样一个庞大的物质甩出去的。如果月球是从地球上甩出去的话，二者的物质成分应该是一致的。可是在当时，由于人们研究月球还仅仅停留在用望远镜观察上，谁也拿不出确凿的证据来批驳对方，证明自己的观点，争论就这样被搁置下来。

很快，又有人有提出了一种新的猜想。他们认为，地球和月球是同时形成的，应该姐妹关系。李竞解释："持这种观点的人认为，在太阳系形成的时候，地球和月球是同时形成的，它们靠得很近，后来互相绕转，由引力约束。"

这些人认为，在太阳系形成过程中，地球和月球都是太阳系中浮动的星云，经过旋转和聚积，逐渐形成星体。在形成的过程中，地球因为比月球的体积大，因而算是"姐姐"。由于月球体积小，受地球引力作用，就成了地球的一颗卫星。

人们对月球的猜测并没有就此结束，很快又有人提出了第三种猜测。他们认为，地球和月球之间应该是一种夫妻关系。持这种观点的人认为，在太阳系刚开始形成的时候，月球只是太阳系中的一颗小行星，当某一次运行到地球附近时，被地球的引力所俘获，从此再也没有离开过地球。

对这一说法，李竞的解释是："它们在太阳系形成的过程中，都在各自不同的位置形成，在混沌状态下偶然走到一起，由引力的约束互相吸引，结果就离不开了，彼此变成了一家人。"

然而，这3种观点到底哪一种更接近于真实呢？月球到底是怎样形成的呢？要证明这些观点，必须有确凿的证据。人们除了通过望远镜不断地观察

月球外，还希望通过分析月光来获得更多关于月球的信息。

李竞介绍说："天文学家对宇宙的了解，是通过分析光线实现的。通过对光线带来的天体信息的解析，我们便知晓了那个天体怎样运动。"

光是一种电磁波，根据波长的不同可以分为红外线、紫外线、可见光，以及 X 射线、伽马射线等。科学家通过研究宇宙天体发出的不同波长的射线，即使不到那个星球上也可以了解那个星球的相关信息。李竞说："关于月球的化学成分、温度多高，有没有磁场的信息，都是来自分析它的光线。"

但是，令这些天文学家感到失望的是，地球和月球之间相距大约 38 万千米，光线从月球照射到地球上只需要一秒多的时间。可是，由于月球并不发光，我们看到的月光实际上只是太阳照在月球上的反光。从这种反光中，人们很难得到有关月球的更多信息。因为找不到证据，关于月球起源的种种猜想，也只能是一些假说。

大家都知道，科学上的很多理论最早都是缘于现象，前辈们由此总结出了一定的规律和假说，再逐渐地去验证它。比如，古人看到日升月落和日月星辰的变化后，认为这些东西都是围绕着地球运行的，于是就有了地心说；再比如，后来看到苹果从天空落下，就有了万有引力的假说。

在很长一段时间里，由于人们所掌握的资料和技术有限，人类对于月球的形成都处于一种假说的阶段。直到人类真正发明了大推力的火箭，进入到航天时代之后，我们才有了相应的技术和物质条件，允许人类对月球进行深一步的探测。

1959 年，前苏联向月球发射了第一颗月球探测器，开始了月球研究的航天时代。当年 10 月，前苏联发射的月球 3 号探测器成功飞临月球，获取了月球磁场和辐射带的重要信息，并拍摄到月球背面照片。这是人类第一次如此

近距离地观测月球。

对于前苏联的这次划时代的航天探测行动，中国空间技术研究院研究员朱毅麟认为有些遗憾，他说："俄罗斯这几次月球探测都是局部的，是通过几个无人月球探测车对局部地方进行的探测。"

前苏联的探月成功极大地刺激了美国，此后，美国也加快了探月计划的实施，并向月球发送了多种系列的月球探测器，以获取月球相关信息。美苏两国的航天竞赛使人类探月活动进入了一个高潮时期。朱毅麟研究员说："早期探月的主要目的不是研究科学，或是研究怎样利用月球为人类服务，那时还没有这样的概念，实际上就是两个超级大国之间的政治竞赛。"

可是，这场竞赛并不是一帆风顺的。在最初的 10 年里，美苏两国向月球发射了数十次探测器，可成功率还不足 50%。1967 年 1 月 27 日，美国阿波罗 1 号载人飞船在地面进行载人飞行试验时，突然燃起大火，3 名宇航员瞬间被大火吞没，失去了宝贵的生命。朱毅麟说："早期有的火箭失败了，有的探测器由于控制不好，也失败了。应该说，早期美国的运载火箭的水平，以及美国的整个航天技术，与前苏联相比还是要落后一点儿，但是美国人很快就赶上去了。"

1969 年 7 月，美国阿波罗 11 号载人飞船整装待发，宇航员阿姆斯特朗、奥尔德林和科林斯进入太空舱，做好了发射前的一切准备。

随着一声指令，携带阿波罗 11 号载人飞船的土星火箭，喷着烈焰腾空而起，奔向了远在 38 万千米之外的月球。

飞船经过 4 天的飞行，7 月 20 日登月舱脱离飞船徐徐向月球表面降落。下午 4 时 18 分，宇航员阿姆

斯特朗和奥尔德林驾驶着登陆舱成功降落在月球表面。这次登月实现了人类历史性的跨越，从此，人类的足迹踏上了遥望数千年的月球上。

月球是一个荒漠和死寂的世界，没有空气，没有生命，没有风雨变化，甚至听不到声音，整个月球处于真空状态之中。白天，月球表面温度高达127 ℃，而到了夜晚，又骤降至－183 ℃，昼夜温差达310 ℃。由于月球引力太小，月球表面上的重力只相当于地球重力的1/6，也就是说，一个体重60千克的人，到了月球上就只有10千克。宇航员穿着笨重的宇航服在月球上行走，仍然显得非常轻松。

阿波罗11号的两名宇航员在月球上工作了2小时10分钟，采集约28千克的月球表面岩石标本，并带回了地球。从这次登月开始到1972年，美国共进行了6次载人登月，对月球表面进行了一系列的考察，并从月球上带回了宝贵的月球土壤和岩石样本用于科学研究。对此，李竞的评价是："一共12人次的登月，取回三百多千克的月球土壤，从此，人类由原来对月球纯粹的观察，变成了实际的实验，就是把这些带回来的月球土壤进行地质分析、化学分析，以及地球物理分析。"

虽说当年是冷战时期，但不管怎样，那个时候的美苏两个超级大国，毕竟拥有其他国家没有的财力和实力，所以他们能够发射探测器，甚至把人送到月球上去，这也给我们人类提供了一个研究月球的千载难逢的好机会。当宇航员们把那些月球样品——月壤带回到地面后，经过研究分析我们发现，原来月壤和土壤的很多成分是非常相近的，并且有许多地球上非常稀有的物质，比如氦3，在月球上却拥有巨大的储藏量。此外，科学家通过对月球岩石以及月壤的分析后发现，月球诞生于大约45.27亿年前。也就是说，它只比太阳系的形成晚3 000万到5 000万年。

随着人们对月球环境、月壤成分、月球内部结构等各方面情况了解的不断深入，科学家们掌握了大量的月球信息。他们发现，月球上并没有明显的磁场，这与地球环境存在着明显的差异。此外，由于月球的年龄比太阳系形成的时间要晚3 000万至5 000万年，这也与此前关于月球

形成的 3 种猜测在时间上存在一定的矛盾。随着研究的不断深入，人们逐一否定了先前关于月球形成的那 3 种假说。李竞解释说："地球和月球如果是母女或姐妹关系，为什么地球有这样强大的地磁，而月球却几乎没有月磁。这一现象说明，地球内部有一个铁的核心，而月球呢，如果说它也有一个铁的核心，那这个核心一定非常之小，这样一来，用以前的学说就无法解释了。"

渐渐地，关于月球成因的一种新的观点出现了。这个学说，可以称之为大碰撞或大轰击学说。

这个观点认为，在太阳系演化早期，地球和月球都是太阳系中浮动的星云，经过旋转聚积，逐渐形成一个原始地球和一个相当于地球质量 0.14 倍的天体。在一次偶然的机会下，这两个天体发生了碰撞。李竞说："那个时候太阳系还处在比较混沌状态，会发生很多的天体碰撞，地球就在那时候与一个火星大小的天体发生了碰撞。"

这次剧烈的碰撞不仅改变了地球的运动状态，使地轴倾斜，还使得那个小的天体被撞击后破裂，受热蒸发，膨胀的气体以极大的速度携带大量尘埃飞离地球。这些飞离地球的气体和尘埃，并没有完全脱离地球的引力控制，它们通过相互吸引结合起来，形成全部熔融的月球。这样，月球形成的时间就比太阳系晚了大约 3 000 万到 5 000 万年。

月球起源于天地大冲撞的假说，让人们展开了无限的遐想，大家甚至可以试想一下，在那个灾难即将降临的夜晚，那个月球即将从地球上被分裂出去的夜晚，地球上会是一个什么样的场面呢？如果发生在现在，人类又有没有力量把月球留下来呢？当然，这一切都是基于我们对月球有了进一步的了解之后，才能够想象出来的一幅场景，也许等到那么一天，当人类再度光临月球的时候就会发现，这个理论也有其不完善的地方，甚至压根就是错误的。

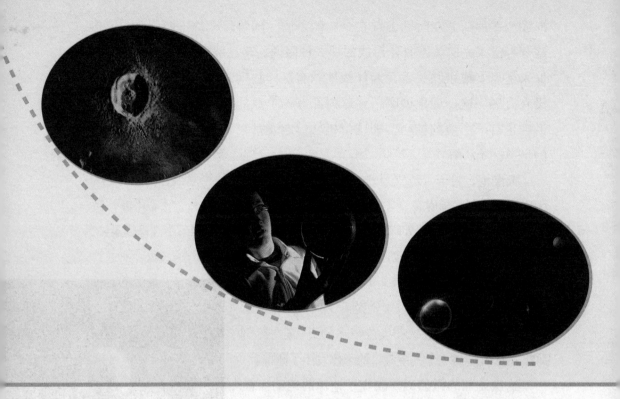

而所有的一切都基于人类科学技术的发展，以及我们对于月球的了解，我们相信那一天迟早都会到来。

太阳热情似火，永远给地球提供光提供热，于是，在人们的想象中，太阳是一个男性的象征。相比之下，冷冷清清的月亮在各民族的文化中，都被比喻成女性，甚至关于它的传说都是以女性为主导。

在我们中国人的传统文化中，月球上有广寒宫，广寒宫里面住着貌美如花的嫦娥仙子。嫦娥仙子本来也是人，只不过偷吃了丈夫后羿求来的长生不老药，结果就白日升天，住进了广寒宫中。当然，这些传说都是人们附会出来的，可以说，月亮从古至今引发了人们无数的思考，而在人类对月球的探索过程中的每一步，人们都是怎么去接近它的呢？

1959 年 1 月 2 日，前苏联拜科努尔发射场，东方号火箭喷着烈焰腾空而起，

带着一项特殊任务——将月球1号探测器送向远在38万千米的月球，发射升空。探测距离地球最近的宇宙天体月球成了人类迈向太空的第一步。

月球是离我们最近的一个宇宙天体，也是地球的一颗天然卫星。它本身并不发光，靠反射太阳的光线，我们才能看清月球上的样子。早期的天文学家通过望远镜就已经发现，月球表面布满环形山。这些环形山中，直径在1 000米以上的大约有33 000个，占月面表面积的8%左右，最大的环形山甚至可以装进整个海南岛。

这些环形山是怎么样形成的呢？这一切曾经让很多人感到迷惑不解，同样也让一个十几岁的中学生为之着迷。

尚尉是北京市航天中学初中一年级学生，平时在完成功课之余，他最喜欢阅读自然和宇宙空间奥秘的书籍。他说："爸爸曾经对我说，月亮上肯定有嫦娥，到了晚上我就天天望月亮，小时候用肉眼看，长大一些以后就用望远镜望月亮，试图看见嫦娥以及嫦娥住的广寒宫。慢慢地我长大以后，看了些书才知道这不是真的，这只是古人的一种幻想。"

小时候父亲的话勾起了尚尉对月亮的好奇。每到明月当空的时候，他就喜欢趴在窗前遥望星空。心里琢磨着，月球阴晴圆缺的变化，以及月球上的环形山又是怎样形成的呢？

这天，尚尉和几个同学们来到了学校附近的北京市东高地航天科技馆，将疑问告诉了辅导员老师。

辅导员老师喜欢用图片和实验向学生们解释有关月球的知识："下面我先请大家看一张图片。为什么图片中的月球长得这么难看呢？这都是被陨石砸的。知道环形山是怎么形成的吗？"一个学生回答："我觉得这应该是由于太阳照射，温度升高了，于是月球表面就裂开了，形成了一些小坑。"老师笑着说："我觉得她说的方法不能实现。如果太阳照射能产生裂缝，那么地球距离太阳比月球更近，既然太阳能把月球照出裂缝来，就也能把地球照出裂缝。"另外一个学生回答说："我认为这些环形坑原来应该都是火山，火山喷发时把上半部分以及中间的东西变成岩浆流出了去，中间就形成了陨石坑。"老师点

头称赞他说得有道理。

　　为了向学生讲述环形山形成的原因，老师用淀粉和水做了一个模拟实验，向学生们演示环形山形成的过程："这就和月球上的月球坑形成的道理基本相似，在它的表面有类似于淀粉的细沙，陨石撞击的时候，就会在上面留下一个坑。"

　　听了辅导员老师关于月球环形山形成原因的解释后，尚蔚又有了新的疑问："既然地球和月球同样都是宇宙天体，可为什么布满月球表面的陨石坑，在地球上却很少见到呢？"

　　对于尚蔚的问题，李竞教授的解释是："在地球表面可以确认的陨击坑，大约不超过 100 个，这个数量与月球表面上的 3 万多陨石坑没法相比。为什么这样说呢？并不是那个小天体能躲开地球不撞，而是地球与月亮不同，地球周围的大气层起到了保护作用。"

　　大气层是覆盖在地球表面的一层厚度在 1 000 千米以上的气体，由氮气、氧气和少量其他气体组成，其主要成分是氮气和氧气。距离地面大约 10 至 20 千米的大气受地球的影响最大，云、雾、雨等现象都发生在这一层。有了空气，人和动物才能够呼吸，植物才可以光合作用，地球上也才有了生命。同时，这层厚达 1 000 千米的大气层对地球也起到了保护作用。李竞说："地球同样受到小天体的轰击，但是有了一层大气保护，体积小的天体在地球大气层中产生摩擦，生成热量，就是我们肉眼看得见的流星；体积大的，不能完全摩擦燃烧净尽，就变成了陨石，或者陨星。要是地球没有大气层，这些天体就会长驱直入，给地球造成毁坏。"

　　由于月球没有大气层的保护，整个月球表面完全裸露在宇宙当中，这样，从宇宙中飞来的小型天体就会直接撞击月球。

　　在尚蔚的眼中，月球环形山的形成是由于战争引起的。他说："小时候看战争片看多了，就以为环形山是月球人为争地盘挖的大坑来做阵地，互相打仗。我幻想月球肯定比地球发达，环形山肯定是那种威力特别大的炸弹炸出来的坑。"李竞的说法则是："几十亿年来，月球表面的那些坑是大坑叠小坑，小坑上面又有大坑，它的地表在没有空气磨损和海洋磨损的情况下，不同年龄

段的环形山都保留着。"

有专家认为，在月球诞生之初，也就是几十亿年前的时候，月球内部有一个熔融状态的火热的核心。既然是熔融状态，很有可能就会出现岩浆喷发的现象，也就是火山现象。火山岩浆喷发出来以后，终归会冷却，于是就形成了大片的玄武岩。后来，这些玄武岩就成了月球上广袤的平地，也就是我们在地球上用肉眼就可以看得见的月球上面那一片片的暗影。关于月亮上面那些明亮的地区，专家介绍说，那是月球的山地。在这些山地当中我们能看到，分布着众多的大大小小的环形山，在部分环形山上还保留着当年火山喷发的痕迹。至于绝大多数的环形山，那都是因为月球本身没有大气，只要是太空来客都可以直接进入它的表面，所以这些都是伤疤的痕迹。

专家的解释让尚尉对月球有了更多的了解，不过，他很快又产生了一个新的问题："为什么我们只能看到月球的一面，而另一面总是被遮挡起来了呢？"李竞对他的发现表示赞赏，说："人类从来只能看见月亮的一面，所以很多人认为，月亮是不会转的，其实这个说法是不对的。

月球，俗称月亮，在晴朗的夜晚，天空中那轮明月，总会给人以无限的遐想。然而长期以来人们发现，月亮的形状虽然在不断地变化，但是，月球却始终用一面朝向地球，谁也没有见过月球背面的样子。这让人们感到非常好奇。

按照李竞的说法，既然月球也有自转，可为什么我们却只能看到月球的一面呢？为了解答这个问题，辅导员老师安排尚尉和同学们做了一个小游戏。

老师在尚尉和另一名同学的背后各贴了一张纸牌，然后让尚尉站在原地，另一名同学围绕尚尉旋转，在这个过程中，两人始终保持正面相对。这样，尚尉怎么也看不到对方背后的纸牌，这就像是我们看不到月球背面一样，其原因就是，月球围绕地球公转的同时，月球也在自转，而且月球公转自转的时间正好相同，这样就造成在地球上只能看到月球一面的结果。李竞教授说："公转和自转时间一致的现象不仅月亮有，在太阳系的卫星中也是相当普遍的。"

太阳是一个剧烈燃烧的炙热星球，是太阳系大家族的中心，在太阳周围依次环绕着水星、金星、地球、火星、木星、土星、天王星和海王星等八大行星，以及大约100万颗小行星和彗星，它们都以不同的速度围绕太阳旋转。

在太阳系的八大行星中，除了金星和水星以外，其他行星也都像地球一样拥有自己的卫星。

李竞教授说："月亮围绕着地球运转的速度大约是每秒钟1千多米，地球围绕太阳运转的速度是每秒近30千米，而太阳在天空中围绕着银河系中心运转的速度是每秒两百多千米。"

宇宙中的星球就这样在引力作用下，按照一定的轨道高速运行着。由于月球、地球、太阳之间所处的这种特殊关系，当月球运行到某些特殊位置的时候，我们常常会看到一些奇特的现象，比如天狗吃月亮，尚尉很小的时候就知道这个现象："小的时候，一看到月亮是圆的我就感觉非常高兴，要是月亮还不是很圆，像镰刀一样我就特别害怕，经常扑到父母的怀里，以为是天上的一只神犬把月亮给吃了。"

事实上，天狗吃月只是古时候民间对月食的一种传说。相传天上有一只神犬，一心要把太阳和月球吃掉，发生月食就是这只神犬正在吞噬月球。月食多发生在农历十五前后，月球运行到地球另一侧和太阳相对的方位。这时如果地球、月球和太阳的中心大致在同一条直线上，月球就会进入地球阴影

中，从而产生月食。而日食则多发生在农历初一前后，此时，月球转到太阳和地球之间，因而会在地球上投下一个阴影。这时候，处在阴影中的人根据所处位置的不同，就可以观测到日全食或者日偏食。这些实际上都是普通的天文现象。

我们中国人在观察月球的行动变化这个领域，曾经处于世界领先地位，甚至可以预测出日食、月食的发生。而今，随着科学技术水平的不断提高，现在我们又有了自己的"嫦娥1号"，相信在不久的

将来，我们一定会实现把中国人送上月球的梦想。

很久以来，人们一直在思考一个问题：月亮高高挂在天上，对人类会产生什么样的影响呢？经过数千年的实践验证，月亮是影响人类生存繁衍的一个重要因素。那么，月亮是凭借什么来影响我们的呢？引力就是其中非常重要的一个原因。

凡是到过海边的人都会看到海水有一种周期性的涨落现象：到了一定时间，海水推波助澜，迅猛上涨，达到高潮；过了一段时间，上涨的海水又会自行退去，留下一片沙滩，出现低潮。如此循环反复、永不停息的潮汐现象，其实就是海水在月球和太阳引力的作用下所发生的周期性变化。李竞教授说："大潮与小潮，以及潮汐的激烈程度，是跟月球的位置有关系的，这样的景象也是很特殊的。"

天文学家发现，每逢农历十五和初一，海面上都会出现大潮，俗称旺朔潮，因为在中国古代文化中，没有月亮称为朔，满月就称为旺。

我国最著名的钱塘江涌潮就是旺朔潮引发的一种天文奇观。每当大潮出现的时候，8米高的潮头，以每秒近10米的速度，从海面向钱塘江涌来。钱塘江涌潮的出现，除了当地特殊的地理环境原因以外，最重要的原因就是太阳和月球引力导致的潮汐现象。李竞教授介绍说："如果将太阳对于地球起潮的力量设为1，月亮对地球起潮的力量就是2.2，所以，引发潮汐主要的因素就是月亮。"

月球在被地球吸引着围绕地球旋转的同时，也对地球施加着影响。潮汐就是月球引力在地球上的一种表现。每月的农历十五，太阳、地球、月球正好处在同一直线上，在太阳和月球引力的共同作用下，地球上的海水向两侧拉伸引起大潮，这也就是常说的旺潮。

当月亮继续旋转走到地球和太阳之间，三者又重新行成为一条直线，此时，地球上的海水受到太阳和月球相同方向合力的影响，又会出现一次大潮，这也叫朔潮。月球每天东升西落、旺朔交替，使大海潮起潮落，生生不息。

有人说，月球是我们的邻居，但我宁愿说，月球是距离我们最近的天体，因为月亮作为邻居，似乎多了一分温情少了一分冷静。有研究认为，月球对人类的影响远不止前面所说的几方面，每当月圆或月缺的时候，月亮还对人类的荷尔蒙以及在夜间的一些行为有着极大的关联。甚至还有人认为，当月球处于某种状态的时候，可能会引发地球产生强烈的地震。人们通过对1995年到2000年之间里氏5.5级以上的地震资料的研究发现，在那个阶段，虽然月球对于地层错位带来的地震影响只有1‰，但它确实参与到了地壳的地震活动当中。因此我们可以说，月球作为运行在我们身旁的天体，无时无刻无声地发挥着自己对地球的影响。而在另一方面，作为地球的保护神，月球吸引着来自太空的对地球有威胁的各种小天体。所以说，地球与月球之间的关系，与其说是邻居不如说是一对好伙伴，或者是一条路上的同行者。

人们总是喜欢在夜晚的时候，抬头仰望夜空。他们是想寻找什么呢？是闪烁的星星、明亮的月空，还是那挂在天空中的银河呢？为什么从古至今总有一股强大的推动力，促使人类进行对月球的探索呢？

自古以来，人们就对在空中自由飞翔的鸟儿充满着羡慕。除了在一些神话故事中创作出了会飞行的人物以外，风筝满足了人们想要飞翔的一部分梦想，放风筝时人们的心似乎随着风筝一起飞上了蓝天。但是，真正亲自尝试飞行的要算是四百多年前一个勇敢的明朝人，他坐在一把椅子上，叫家里的仆人同时点燃捆绑在椅子后面的47枚火箭，想借火箭的推力飞向空中。遗憾的是，他最终并没有能够飞起来。可是，他的这一举动却给了后人极大的启发，使得人类在数百年后终于实现了飞天的梦想。

我们知道，当抛出一件物体时，速度和物体被抛出的距离有很大关系。抛出物体时用的力量越大、速度越快，物体就会被抛得越远。

于是有人大胆地推测，如果一个人的力量大到足以把这件物体扔出地球半径以外时，就会出现一个奇妙的现象：这件物体就会摆脱地球的引力，按一定速度环绕着地球飞行而不会掉落在地面上。那么，这个速度应该是多少呢？科学家们经过反复计算，终于找到了答案。

朱毅麟解释："当速度达到每秒7.92千米时，这个物体就可以围绕地球飞行。"

现代大推力火箭的发明终于达到了每秒7.92千米的飞行速度。1957年10月4日，前苏联向太空发射了世界上第一颗人造地球卫星，火箭强大的推力将卫星送上了环绕地球飞行的轨道。卫星以每秒8千米的速度，在距离地面最远大约900千米的轨道上飞行。这是人类第一次利用这个飞行速度把自己制造的物体送上了太空。

1970年4月24日，我国发射了第一颗人造地球卫星东方红1号，太空中传来了人们熟悉的《东方红》乐曲。从那一刻开始到现在，我国已先后发射了通信、气象、返回式遥感和科学实验等15种类型的人造地球卫星，为人类社会的发展作出了贡献。

我国发射的地球卫星主要有两种轨道，一种是低轨道，就是在距地球表面200千米的圆轨道，这个距离相对较近；另一个是地球同步轨道，距离地球表面36 000千米，是一个大圆轨道。

火箭将人造卫星送入预定轨道之后，星箭分离，卫星不再需要火箭的推力就可以在轨道上运行。此时卫星在毫无动力的情况下，就可以悬浮在空中而不会掉落下来，其原因就在于，卫星在进入轨道之前，火箭已经把卫星的速度提高到了每秒7.92千米以上。专家朱毅麟解释说："地球是有引力的，可以把探测器或者卫星往地面拽。但是，探测器围绕地球做圆周运动的时候，会产生一个离心力，离心力是远离地球方向的力，而这个离心力和地球的引力正好平衡。"

卫星在空中围绕地球旋转而不会掉下来，就像是旋转的水流星一样。离心力是物体在做圆周运动时产生的一股沿半径方向向外的力。由于地球本身具有很强的吸引力，人造卫星以每秒7.92千米的速度围绕地球旋转时，所产生的离心力和地球的引力达到平衡，这样，卫星才既不会逃离地球也不会掉落下来。

　　自从第一颗人造地球卫星发射成功后，人们就把探索的目光投向了月球。月球是离地球最近的一个宇宙天体，千百年来人们仰望星空，对月球一直充满着好奇。科学家们也希望通过研究月球来获得宇宙形成的更多信息。可是月球和地球相距大约有38万千米，这样远的距离人们怎么样才能飞到月球上呢？

　　人类航天先驱齐奥尔科夫斯基先生曾经说过，地球虽然是我们人类最美好的家园和摇篮，但是我们不可能永远生活在摇篮之中，我们肯定是要向太空迈进的，而月球是我们人类迈向太空的第一块跳板。

　　1957年，前苏联向太空发射了人类历史上的第一个人造卫星，而仅仅在两年之后，1959年1月，前苏联人又向月球发射了月球探测器。美国紧随其后，接着是欧洲、日本和中国。可以说，世界上但凡拥有航天技术的国家，都纷纷展开或者制定了自己探索月球的计划。

　　在早期的电影，比如儒勒凡尔纳时代或默片时代的电影中，我们看到的去月球的方法是怎样的呢？那时通常的设想是，准备一个超口径的大炮，将登月舱一炮打到月球上去，直接穿越38万千米的路程。但是，熟悉天文、爱好航天知识的人都知道，事实上是没有人会这么去做的。目前基本上都是采取绕行的方法，最终到达月球轨道，或是在月面上实现登陆的目标。那么，人类为什么不直接让火箭把探测器打到近月的轨道，或者直接打到月亮上，却要采取这种舍近求远的方式呢？

　　在描绘未来世界的影片中，战争已经不再局限在地球上，而是已经扩展到了星际之间。来自不同星球的宇宙飞船，可以在真空状态的宇宙中随意驾驶、任意驰骋，其灵敏机动性远远胜过现在地球上任何一种型号的战机。可实际上，这只是艺术家们的一种想象而已。在现实世界里，飞船在宇宙中由于受到星球间引力的作用，根本不可能像电影中所描写的那样飞行。朱毅麟曾说："科幻电影中飞行器像飞机一样地转来转去，实际上这是不可能的。航天器的运动要符合天体力学的规律，也就是要受到中心引力影响的。"

　　科学家们发现，在宇宙中任何物体之间都存在引力。受到银河中心的吸引，太阳系以每秒两百多千米的速度围绕银河系中心旋转；地球以每秒29.8千米的速度环绕着太阳；月球则是以每秒大约 1 千米的速度围绕在地球身边。

实际上，我们生存的这个宇宙空间，时刻都在高速运动着。

人造航天器进入太空之后，它的飞行速度非常快，可是，高速度也制约了航天器飞行的灵活机动性。朱毅麟打了这样的一个比方："汽车在高速公路上以每小时 200 千米的速度行驶，飞机以每小时几千千米的速度行驶，而航天器的速度高达每小时几十万千米，所以它只能在轨道上慢慢地变化。"

《毛主席诗词》中有这样一句话："坐地日行八万里，巡天遥看一千河。"说的就是人类坐在地球上自己感觉不到自己在运动，但是，地球却是在飞速地自转和公转的。在这种情况下，不觉之间我们已经坐了一大圈免费旅行的快车了。这个观点，很早以前还曾受到人们的质疑，曾经有人提出来，如果地球是运动的话，人不就早被甩出去了吗？在那个时候，人的想法都局限在小小的地球之上，直到有一天我们突破了一个速度，也就是最低每秒 7.9 千米这个速度之后，我们发现，天外的世界原来如此之广阔！而这个速度绝对不是汽车、火车、飞机等交通工具可以比拟的，它能够让我们在每小时里跨越几十万千米。可是，即便是这样，我们要跨越 38 万千米到达月球，还是需要相当长时间的。

事实上，无论是宇宙飞船还是探测器，在宇宙空间，它们并不能像科幻电影中所表现的那样可以自由翱翔，而只能在星球间引力的作用下，按照一定轨道飞行。月球探测器要从地球飞到月球，也有相应的飞行轨道。朱毅麟介绍说："奔月的轨道是一个大椭圆轨道，也就是说，它的远地点是 38 万千米，近地点是 600 千米。"

按照这样的轨道设计，月球探测器应该是被火箭推送到距地面 600 千米高空以后，就可以直接进入远地点是 38 万千米的这个大椭圆轨道，飞向月球了。这样既可以减少宝贵的飞行时间，还可以节省一定的燃料，应该是最经济的一种飞行轨道。可是纵观几十年来，所有月球探测器的飞行轨道，却都是先围绕地球飞行几圈之后，再进入远地点是 38 万千米的奔月轨道，其中的原因到底是什么呢？

离心力　地球引力

在北京市航天中学的校园里，科技馆的辅导员老师准备通过一个测试来为同学们解答这个问题。老师先叫尚尉到操场跑道的一端，以最快的速度骑车回到终点，然后再比较悠闲地重新骑车回到终点。通过比较这两次骑车对体能的消耗，尚尉已经有所感悟了："第一次虽然骑得很快，但消耗的体力非常大；第二次前半段骑得很快，消耗了一些体力，后半段根本就没骑，几乎是溜过来的，所以就没怎么消耗体力。"

从这两次测试可以看出，在走完同样距离的条件下，第二种方式显然消耗的能量更少。而科学家在设计登月轨道的时候，首先也是本着节省月球探测卫星能量的原则来进行设计的。

"嫦娥1号"卫星总重2 315千克，其中大约一半是卫星所携带的推进器的重量。执行这次飞行任务的"长征三号甲"火箭所有燃料加注完成后，总重大约为260吨，即使只是第三级火箭送"嫦娥一号"卫星飞向月球，其重量也远大于"嫦娥1号"卫星自身的重量。所以，要飞完38万千米，所要消耗的能量也会大得多。所以，直到现在还没有一个卫星直接用火箭完全从地面加速，使火箭从0一直加速到10.9，和分段加速相比，还能省点能量。

除此之外，让探测器先围绕地球旋转几圈之后再飞向月球，还有另外一个原因。据朱毅麟说："发射过程中可能出现偏差，这就需要进行修正，这种情况下所消耗的推进器就比较多了。"

由于月球是以大约每秒钟1 000米的速度运动。因此，要想从38万千米以外瞄准月球，使探测器准确进入月球轨道，探测器飞行的轨道精度和控制难度将非常高。这就好像是用小纸团击打不断摆动的小球一样，由于小球不断摆动，从而使被击中的可能性大为降低。要想打中一次还是比较困难。可是如果采用另一种方式击打小球，即另一个小球不断调整摆动频率和幅度，两球相遇的机会就大多了。"所以，"朱毅麟说，"让火箭在地球附近转圈，主

要是为了让地面的科研人员多观察一段时间，以便测量它的轨道，使它的飞行轨道更精确一些。"

2007 年 10 月 24 日，西昌卫星发射中心，"长征三甲"火箭整装待发。

18 点 05 分，随着一声点火命令，携带着"嫦娥 1 号"卫星的"长征三甲"火箭腾空而起，像柄发光的利剑直刺天空。

18 点 29 分，星箭成功分离。紧接着，太阳帆板成功展开，开始吸收太阳能为卫星供电，"嫦娥 1 号"卫星准确进入预定轨道。

11 月 7 日，经过 14 天长途飞行，"嫦娥 1 号"卫星成功进入圆形工作轨道，通过在轨测试后，卫星开始进行各项科学探测活动。

过去，我们中国无论是火箭，还是飞船、卫星，都在距地 3.6 千米的范围内转，从来没出过这个圈，"嫦娥 1 号"的发射成功，是我们第一次迈出 3.6 千米的圈子，到达 38 万千米的"高空"，这一成就对于中华民族来讲，是历史性的一大步。

这次，"嫦娥 1 号"卫星将从月球极地方向环绕月球，进行为期一年的探月飞行，以完成获取月球表面地质材料的任务。

海拔 1 500 米的西昌，有着月亮城之称。这里纬度低、海拔高、交通便利，是发射各类卫星的理想场所。2007 年 10 月 24 日，这里再一次吸引了全球的目光。

担负将"嫦娥 1 号"卫星送上太空的，是被誉为金牌火箭的"长征 3 号甲"运载火箭。此前，"长征 3 号甲"运载火箭与应用广泛的"东方红 3 号"卫星平台曾多次连接试验，每次都取得圆满成功，用它来托举在"东方红 3 号"卫星平台上研制而成的"嫦娥 1 号"卫星，再合适不过了。

"长三甲"火箭副总设计师李金红介绍："前不久，集团公司为'长征 3 号甲'运载火箭颁发了'金牌火箭'的荣誉称号，这是我国第二种获得这种荣誉称号的火箭。另一种是'长二丙'，这是一种比较老的火箭。这次'长三甲'也获得了'金牌火箭'的荣誉，又经过 15 次成功发射，可以说这种火箭的发射成功率还是相当高的。"

由于有了之前多次发射卫星的成功经验，"嫦娥 1 号"和"长征 3 号甲"

火箭的吊装、测试和对接工作进行得十分顺利。

2007 年 10 月 24 日 18 时 05 分，中国第一颗探月卫星"嫦娥 1 号"在西昌卫星发射中心成功发射升空。

"长征 3 号甲"运载火箭搭载着"嫦娥 1 号"卫星，飞行至 148 秒时火箭进行了一二级分离；

第 243 秒，整流罩打开；

第 271 秒，火箭二三级分离，火箭先将卫星送入近地轨道，并在近地轨道滑行飞行一段时间；

第 1 373 秒，三级火箭发动机关机；

第 1 473 秒，星箭分离成功，"嫦娥 1 号"卫星进入近地点约 200 千米、远地点约 51 000 千米、运行时间为 16 小时的大椭圆轨道，成为一颗绕地球飞行的卫星。

很快，嫦娥 1 号将开始它 150 万千米的探月之旅。

早在 1969 年，美国宇航员阿姆斯特朗在飞向月球的途中，曾为人们讲述了一个中国的古老传说——嫦娥奔月。

嫦娥奔月是发生在大约 4 000 年前的一个传说，带着中国人几千年来的奔月梦想，"嫦娥 1 号"开始了它的探月之旅。"嫦娥 1 号"卫星在近地点 200 千米，远地点 5 万千米的椭圆形轨道上运行 16 小时，飞行了一圈后，10 月 25 日下午，地面指挥注入指令，卫星上的推力为 490 牛顿的主发动机点火实施变轨，将卫星轨道近地点抬高到离地球约 600 千米的地方。

中国空间技术研究院研究员朱毅麟介绍："在 200 千米高度上大气分子还相当浓，尤其卫星飞行速度非常快，大约为每秒 10.3 千米，因而受到的阻力也很大。因此，第一次变轨的目的就是要把近地点的高度提高一点，达到 600 千米，这样就可以减少损耗。因为，如果速度损失的话，就会增加燃料消耗，而消耗燃料的后果就是，将来卫星在月球轨道上飞行的时候，剩余的燃料就少了"

10 月 26 日下午，当卫星再次到达近地点时，卫星主发动机再次打开，巨大的推力使卫星的远地点由 51 000 千米上升到 71 000 千米，进入 24 小时轨道。

此时，"嫦娥 1 号"已经成为了一颗地球同步卫星。

进入 24 小时的轨道会有什么好处呢？那就是每 24 小时"嫦娥 1 号"就会回一次近地点，并且是在每天的同一个时间，保持在原来位置的上空，这样就可以保证地面人员每次都可以在地面中心的同一地点给"嫦娥 1 号"发指令，这对于地面人员测量轨道、计算轨道，会更加准确。

在 24 小时轨道上运行 3 圈后，卫星上的主发动机第三次点火，实施第二次近地点加速，"嫦娥 1 号"卫星的远地点由 71 000 千米提高到了 120 000 千米，进入 48 小时轨道。这一时刻发生在 2007 年 10 月 29 日。朱毅麟说："48 小时轨道就是指卫星的轨道周期是 48 小时，48 小时是 24 小时的两倍，万一卫星不能在 24 小时返回一次近地点的话，48 小时还可以进行一次。如果不是 48 小时，而是别的时间，那就乱了，就有可能卫星回到近地点时，地面位置跟前一次已经不同了。"

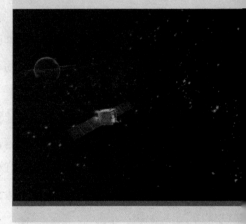

"嫦娥 1 号"经过 3 次的变轨之后终于进入到了预定轨道之中，这 3 次变轨都是依靠地面发布指令，由计算机来操纵卫星本身携带的发动机来调控卫星的姿态和轨道。可是，既然卫星自己带有发动机和燃料，为什么不让它直接进入轨道，则要绕行 3 次呢？专家的回答是，虽然卫星有燃料和发动机，但是为了节省燃料以及更好地控制卫星，同时也便于地面与它进行联系，所以采取了这种变轨 3 次的姿态，最终让它进入到轨道中。

在 3 条大椭圆轨道上经过 7 天热身后，"嫦娥 1 号"卫星将正式奔月。

10 月 31 日，当卫星再一次抵达近地点时，主发动机打开，卫星的速度在短短几分钟之内提高到每秒 10.9 千米以上，"嫦娥 1 号"获得了奔向月球的动力，进入了远地点为 38 万千米地月转移轨道，真正开始了从地球向月球的飞越。这是整个探月工程中最关键的一步，也是最难以把握的一步。

《国际太空》杂志副主编庞之浩认为，这一过程中的危险性在于它的短暂性和唯一性，错过了窗口，就不可能进入到地月转移轨道。"因为地球在转，月球也在转，这就相当于高速公路的出口，一旦错过了这个出口，就得等很长时间才能迎来一个比较好的位置，才能进入到地月转移轨道。"

在高速飞行的过程中，卫星必须在地面的指令下进行中途轨道修正。正常情况下，一般需要进行多次修正，而"嫦娥1号"只修正了一次，时间是11月2日。对此，朱毅麟非常满意，他说："进入奔月轨道之后误差很小，基本上与我们原来设计的巡航轨道没有任何偏差。原来预计要进行2到3次的中途修正，在轨道飞行114小时，在4天多的时间里还要修正2到3次，而实际上只修正了一次，可以说非常准确，114小时以后就可以飞到月球附近了。"

"嫦娥1号"能如此准确地进入地月轨道，离不开精准的测控技术的支持。在陆地上，我国分别在青岛、北京、昆明、喀什设立了测控站。由于"嫦娥1号"飞行的距离是过去卫星的10倍以上，卫星的发出的信号会有空间衰减，使得地面接收月球探测数据的技术难度大大增加。朱毅麟说："40万千米和4万千米相比，距离增大了10倍，信号传输的损失会增大100倍。打个比方说，原来是一瓦的发射机，在地球轨道上就能够接收到它的信号，到了40万千米的地方，发射回来的信号比原来弱了100倍，就得想办法把这个信号放大。"

为此，地面应用系统专门建造了两座被称为射电望远镜的大口径天线，一座在北京密云，天线口径达50米；一座在云南昆明，口径达40米。两座大口径天线像一双巨大的眼睛，时刻注视着"嫦娥1

号"卫星的一举一动，把卫星传输来的信息全部收集起来。同时，在太平洋上还有三艘测量船，这些测控站组成了一个庞大的测控网。它们同时观测卫星，然后将数据传送到数据处理中心进行处理，这就相当于能够合成一个直径很大的一个望远镜，专业术语称之为甚长干涉测量方式。它的基线有 3 200 千米，所以分辨率非常高，在这次探测过程中起到了很大的作用。

11 月 5 日，当"嫦娥 1 号"卫星飞行了 30 万千米后，终于发现了月球。这时候，卫星需要进行减速制动，也就是刹车。只有这样，"嫦娥 1 号"才能被月球引力捕获，成为绕月飞行的卫星。这是实现绕月飞行的一个重要步骤，如果刹车晚了，卫星就要撞到月球上去；而刹车早了，卫星则会飘向太空。朱毅麟说："为了使'嫦娥 1 号'能够被月球的引力吸引住，使它的速度减缓，就必须使它的速度保持在每秒 1.7 千米到 2.4 千米之间。"

"嫦娥 1 号"卫星成功地进行了第一次近月制动，从地月转移轨道进入 12 小时月球轨道。从这一刻起，"嫦娥 1 号"卫星成为真正的绕月卫星。

11 月 6 日，"嫦娥 1 号"卫星进行第二次近月制动，速度进一步降低，卫星进入 3.5 小时轨道，并在这个轨道上运行 7 圈。

11 月 7 日，"嫦娥 1 号"卫星进行第三次近月制动，进入 2 小时的月球极月轨道。这个轨道为圆形，离月球表面 200 千米，这也是卫星绕月飞行的工作轨道。至此，"嫦娥 1 号"的工程目标已经基本实现。

朱毅麟解释说："这是分 3 次来刹车的，并不只有一次来。多次刹车的好处在于可以进行微调，就是一边刹车一边测量，看控制得准不准，如果不准就可以下次再修正一些。这就是说，我们做工作要细致精确，这种分阶段的刹车比一次性刹车要更精细一些。"

对于这个问题，庞之浩也说："我们采用了与众不同的轨道设计方式，这主要是根据我们的运载火箭的能力以及卫星的能力来设计的，我们有几个原则，一是可靠安全，二是节省能量。通过多次变轨就像体操运动员比赛一样，表演了眼花缭乱的动作，而且都准确无误，精确度非常高。"

接下来，"嫦娥 1 号"开始准备工作了。首先，它要调整好姿态，它的探测器探头在环绕月球过程中，要始终对准月球。为了把探测结果发回到地球，卫星的通讯天线始终要保持对地球定向。而卫星上的太阳能电池要始终对着太阳。"嫦娥1号"在围绕月球转动的过程中，要一直保持这3个定向，被称为三体定向。而要保持三体定向，无论是硬件、软件，在实现上都是有很大的难度的。朱毅麟做了一个形象的比喻，他说："就像一个人既要保持姿势端正，又要把手举得高高的，同时还要把脚抬起来，还要把人的脸对着某个方向定向，而自己又在绕着某个东西在转圈子。一个要同时控制这3个方面，那也是很不容易的，何况是一个没有生命的东西，完全靠地面的自动系统来控制它。"

"嫦娥1号"卫星有四大科学目标，首先是对月球表面进行三维地图测量。"嫦娥1号"卫星上虽然只有一个相机镜头，但却相当于有3只眼睛。因为这一个镜头会分别从前面、上面、后面3个角度去进行拍摄，通过处理之后就可以得到月表的立体图像。从已经发布的图片来看，这是人类第一次对月球进行三维测量，填补了国际月球研究的空白。这也是"嫦娥1号"探月成功的最重要的标志。之后，"嫦娥1号"还要对月球上14种有用元素进行探测。第三是探测月壤特性，利用微波辐射计探测月壤厚度及其分布，分析月壤成熟度与表面年龄的关系。最后一项是探测地月空间环境，研究太阳风和月球的相互作用，深入认识空间物理现象对地球空间以及对月球空间的影响。

随着"嫦娥1号"卫星运行时间增加，研究人员积累的数据也会越来越多，将来还会公布更多的探测结果，甚至有些结果可以与国外进行交流、合作，或共同分析，从而进一步研究月球到底是怎样起源的？是怎么演变的？月球和地球有什么关系？还可以了解月球上有哪些资源，其中哪些资源是可供我们人类下一步进行开发利用的。

"嫦娥1号"的探月成功使我国初步掌握了绕月探测基本技术，构建了月球探测航天工程系统，为月球探测后续工程积累经验，为下一步开发利用月球资源以及进一步深空探测活动奠定了坚实的技术基础。

"嫦娥1号"以她优美的身姿实现了中国人的千年梦想。

（刘斯宏）

金镶玉

随着北京奥运会的临近，各种各样的庆祝活动以及相关的准备工作也都如火如荼地进行着。而对于参加奥运会比赛的运动员来说，最令他们期待的就是象征着"荣誉与梦想"的奥运奖牌了。

2007年3月27日，北京奥组委正式对外公布了2008年北京奥运会的奖牌式样，也就是被称为"金镶玉"的奖牌。这面奖牌具有非常浓郁的中国文化特色，因为它的一面是金属而另一面是玉，这种设计在百年奥运史上还是首次出现，这也使得"金镶玉"奖牌设计一经推出就受到了社会各界的普遍赞誉。那么，在这个蕴涵着深厚中国传统文化的奖牌设计方案的背后又有着怎样鲜为人知的故事呢？

2007年3月27日，象征着荣誉与梦想的金、银、铜3枚2008年北京奥运会比赛奖牌揭开了它神秘的面纱。

奖牌直径为70毫米，厚6毫米。正面为国际奥委会统一规定的图案，背面镶嵌着取自中国古代龙纹玉璧造型的玉璧，背面正中的金属图形上镌刻着北京奥运会会徽。在色彩搭配上，金、银、铜牌分别配以白玉、青白玉和青玉。这种金属镶嵌玉璧的设计打破了夏季奥运会奖牌只使用金、银、铜三种材料的惯例，是现代奥运会一百多年来对奖牌的一次成功突破。同时这一设计也是中华文明与奥林匹克精神的一次"中西合璧"。一时间，"金镶玉"的奖牌设计引起了社会各界的广泛关注。

可以想象，这些打破了传统设计，镶嵌着玉璧的奖牌将在一年后闪耀北京奥运赛场，以此来见证运动健儿们的成功与荣耀。然而，奖牌光鲜夺目的背后却隐藏着许许多多不为人知的秘密。"金镶玉"的创作理念其实并非一帆风顺，甚至在奖牌设计和制作的过程中也是费尽周折、困难重重，而这还得从一年前说起。

2006年春节刚过，中央美术学院的一间创作室里突然热闹了起来。这一天，中央美院接到了北京奥运会奖牌设计的定向邀请，奥运奖牌的设计工作就在这里开始了。

2006年1月，中央美院把这个项目交给了王沂蓬教授。因为当时中央美院很多教授的手里都有奥运项目，恰好王沂蓬教授的手头没有，况且奖牌牵扯到王教授最熟悉的立体创作，于是学院就把这个项目交给了他。

当王沂蓬接到邀请函的那一刻，他深深地知道这个机会来之不易，因为，这是从全球两百多家竞标单位中争得的荣誉。百年奥运第一次在中华大地上举行，奥运奖牌一定要凸显中国特色！王沂蓬在深入研究了中国传统文化后想到了金镶玉的点子，他说："金和玉的结合代表着两层意思，一个是吉祥，一个富贵，金在中国代表富贵，玉则代表吉祥，把这两种材质组合在一起，就能够使这种象征意义进一步升华，因为中国人历来喜爱玉器，玉在中国老百姓心目中是一种非常贵重的东西，不是平常的物品。"

正如王沂蓬教授所说的那样，玉文化是中华传

统文化中一个重要的组成部分。玉在中国文化中代表着美好、尊敬、相爱、相助的内涵，既象征着中华文明，也诠释着团结友爱的奥林匹克精神。

王沂蓬的设计理念得到了北京奥组委主席刘淇的高度认可，刘主席说："我们从中国印开始，就一直想在奥运的各种设计里面融入中华文化的特点。所以当这个金镶玉的方案提出来以后，大家都感觉眼前一亮，非常好。"

奖牌纪录着运动员在决胜时刻的辉煌瞬间，对于他们来说，奖牌可谓意义重大，所以金、银、铜3种金属一直以来被视为制作奖牌的最佳选择。而今，当发源于西方的奥运会来到东方古老的国度时，悠久的中国传统文化也同时赋予了奖牌新的内涵。"金镶玉"的创意新颖独特，自然得到了大家和北京奥组委的认可，设计方案提交到国际奥委会时，也得到奥委会成员的大加赞许，不过，有部分人也对这个设计提出了质疑。一个无法回避的问题出现了：玉石奖牌摔碎了怎么办？

国际奥委会的成员提出，有的运动员拿到奖牌以后很激动，甚至会兴奋得将奖牌扔出去，扔到观众席上，这种情况几乎在历届奥运会上都出现过。大家都知道，玉是一种易碎的物质，要是这样扔出去，碎了怎么办？所以国际奥委会提醒中国的设计师们，必须要考虑到这个环节，并且限定了时间加以解决，届时，不能让一块奥运奖牌碎掉。

王沂蓬很快意识到，如果这个问题不解决，国际奥委会那儿肯定通不过。

2008年北京奥运会一共有两千多枚奖牌，要让这么多的镶嵌着玉璧的奖牌一块不碎，王沂蓬觉得这样的要求实在是有些苛刻，但是转念一想，奥林匹克圣火第一次在我们中华大地上点燃，我们精心设计的最能代表中国文化的奥运奖牌，如果真的在奥运赛场上被摔碎，那不但会给运动员留下终身遗憾，也会让奖牌的设计者蒙羞。

可是要防止玉碎，又谈何容易！大家都知道，玉石的硬度很高，要比一般的石头硬很多，而当把玉石打磨成很薄的玉石片时，它就会变得很脆，如果把它扔到地上，毫无疑问会碎掉。怎样才能解决玉石易碎的难题呢？作为奖牌的外观设计者，王沂蓬感到了前所未有的压力，为了成就这段"金玉良缘"，他和他的设计团队紧急到全国的玉器和金属研究领域寻找"救兵"，试图全力解决玉石易碎的难题。

王沂蓬感到仅凭自己的专业知识已经不能够解决问题了，他说："我只是一名设计师，不是解决材料问题的专家，以前又没做过这种东西，所以压力非常大。"此后，他开始联系专家，希望这一问题能够得到解决。

王沂蓬联系了力学、材料学以及玉石方面的专家，但让他感到无奈的是，所有的专家都认为玉石易碎的问题是无法解决的，这个结果让王沂蓬一筹莫展。

按照玉石专家的说法，金属和玉是难以结合在一起的，这是不是说明当初的设计就先天不足呢？想到这一层，王沂蓬感觉到事情不妙，他回忆说："我向奥组委实事求是地汇报了这个情况，也说了材料学专家的结论，但是奥组委方面回答说，这个问题不是你一个人的问题，这个问题是必须要解决的。"

这时，"金镶玉"的奖牌设计方案已经对外公布，也得到了大多数人的肯定，这时想要退出已经是万万不能了。奖牌是自己设计的，也没有理由让自己的作品付之东流，虽然玉石易碎的难题在玉石专家看来还无法解决，但是，王沂蓬还是做出了一个大胆的决定，他打算自己想办法试一试。他说："对于那个时候的我来说，已经没有别的路了，好坏都得走下去，所以我一定要试一试，要是真的不成我也认了。"于是他开始分析玉石的情况，他想，金和玉两个都是很硬的材质，放在一起肯定会碎的，如果在中间加一层防震材料，是不是就能够解决问题呢？当这个想法萌生之后，他决定真的放一个垫片在金玉之间试一试。

王沂蓬按照自己的思路开始搞起了试验，为了能使金属和玉石之间能有个缓冲，他把弹性很好的硅胶垫夹在中间，然而试验的结果却令他大失所望，他说："垫片放进去以后，一做实验还是碎了。"

这次的试验失败告诉了王沂蓬几个问题，一个是选用的垫片材料可能有问题，另一个是金和玉之间的空隙太小，垫片厚度不够，于是他又开始和厂家争取空间。

在有了这些认识之后，加厚硅胶垫才能解决问是一个较为棘手的问厚，玉石也不能打磨毫米，在这种情况下能从玉石背后的金属王沂蓬开始意识到，只有题。但是，现在面临的题，奖牌只有 6 毫米得太薄，至少要有 3要想争取空间，就只下手了。

王沂蓬说："为我们加工的厂家在上海，我把我的想法跟他商量，他不同意。其实他不同意也是有道理的，因为奖牌要求的精度特别高，如果要加深两者之间的空间，目前的工艺还达不到一下就压得那么深，因为金属这边挤出去那边肯定是要给它空间的，这样挤出去肯定是不行。"

所以，虽然王沂蓬来到了厂家，要求工人们将镶嵌玉石的凹槽加工得再深些，但是，由于奖牌的制作对精度的要求极高，现有的冲压条件不可能满足王沂蓬的要求。

王沂蓬有些沮丧，他说："这个问题对我来说非常关键，我现在实验已经失败了，我认为原因就在此，因为中间的空隙只有 1 毫米厚。"

王沂蓬认为只要增加些空间，也许"玉石易碎"的问题就能解决了，经过他的再三请求，厂家最终同意多增加几道工序，采用车的办法，将奖牌的内部空间增加到 2 毫米。这样，王沂蓬就可以用两个硅胶垫来做试验了，可结果又会怎样呢？

王沂蓬拿到新加工出来的奖牌模型非常高兴，他说："我非常感谢厂家，他能给我 2 毫米的空间已经是很不容易了，如果再不行，可能就真的没办法了。"在从上海返回北京的路上，他一直在思考一个问题：除了深度以外，还有什么别的能影响它呢？他想到很多种不同的材料，那段时间甚至遇见谁都要跟人家探讨这个问题，别人都说王沂蓬"走火入魔"了。

硅胶垫已经解决不了问题了，王沂蓬又开始琢磨寻找其他更为有效的材料，他查阅资料，甚至上网发帖子寻求帮助，但是发出的帖子都石沉大海。这时离回复奥组委的时间越来越近了，如果不尽快解决这个难题，大家众盼所归的"金镶玉"奖牌恐怕就要下马，无法解决这一问题就意味着设计团队一年多的心血白费了。王沂蓬非常着急，整晚睡不着觉，几乎有半个月的时间都没有回过家了，日思夜想的只有一件事，用什么方法才能克服这个难题呢？

就在他快要绝望的时候，一天，他在和一个同事聊天时却获得了一个意外惊喜。那个同事告诉他说："我儿子在北京台看了一个广告，玻璃用枪弹打都打不透，它上面贴了一种膜，也许能对你有用。"

听到这个消息后王沂蓬激动万分，真的有这种连枪都打不碎的膜吗？他急忙打听到卖膜的厂家，要去看个究竟。果然，这种膜还真有这种神奇的效果，只要玻璃贴上这种膜，它的抗打击能力就会增强，以至于枪都打不穿。王沂蓬问那个卖膜的厂家："玉石贴上这种膜行不行？有多大的把握？"厂家说有90%的把握，听到这个答案，王沂蓬感觉找到了救星。

王沂蓬找到的这种神奇的膜，是一种看上去像硬塑料一样的东西，它的专业名称叫玻璃安全膜，主要起一种防暴以及防弹的作用，贴上这种膜，即使拿砖拍、枪打都没事。

这样一张塑料膜怎么会有如此之大的防暴力度呢？其实，这种膜的受力原理非常简单，因为它是由多层膜组成，层和层之间是一种高强度的胶，那么，当子弹打到它的时候，力就会被逐层分解，最终被它化解掉，所以即

使用枪打玻璃也没事。但是，这种材料通常是贴在玻璃上的，贴到玉石上效果又会怎样呢？

玻璃安全膜经营者认为，这种膜对于玉石这样的材质也是没有问题的。他说："玉的硬度比玻璃弱一些，但是通过高强度的 PT 材料连接在背面以后，它在受冲击的时候不容易发生分裂开这样的倾向，防止玉石的破碎也能有这个功效。"

找到了这种安全膜，王沂蓬如获至宝，因为，这让他再一次看到了成功的希望。也许，解决玉石易碎的难题就在此一举了。王沂蓬当即把这种膜带回来进行试验，他说："做试验那天我的心情特别好，我还跟学生说，这件事总算是解决了。"

进行试验的当天，王沂蓬格外兴奋，他感觉十有八九这回是要成功了，为此他还特地找了一些学生来旁观，打算与他们一起分享成功的喜悦。然而，试验开始后，当他们将奖牌从地上拾起时，眼前的景象让在场的人都惊呆了，刚刚还完好无损的玉石已是四分五裂。试验再一次失败了。

原本以为贴上了这种神奇安全膜就会大功告成，可结果实在是让王沂蓬有些意外。他原本以为，即使不能做到完全不破碎，但贴上这种膜以后多少也会起点作用，没想到结果竟和没贴膜一样。这回王沂蓬可要好好分析一下原因了。

这一次试验虽然又失败了，但是，王沂蓬却也并非一无所获，他开始总结以前的经验，他发现，这个奖牌虽然很小，但要想解决玉石易碎的问题，单从材料上考虑是远远不够的。这时虽然离回复奥组委的日期更近了，但是王沂蓬还是静下心来，认真地查找相关资料，分析玉石易碎的真实情况。王沂蓬想："奖牌并没直接着地，为什么会碎？"他刚开始的时候认为，震动金属和玉结合在一起，会把玉带震动而导致破碎，但实际上却不是这个原因，这个道理有点像炸弹爆炸一样，在这边爆炸了，虽然距离相隔很远，那边的玻璃却也会碎。这究竟是什么原因呢？王沂蓬想了很久，终于找到了答案：因为震动波。

经过王沂蓬的仔细研究发现，原来，奖牌的制作精度很高，所以玉石和金属的接触面十分紧密，在这种情况下，当奖牌坠地时从金属上传递来的振动波就很容易传导到玉石上，从而导致玉石破碎。看来，解决这个问题的关键，就是要减少振动波的能量释放，那么，这就需要全方面地考虑问题，包括奖牌的结构、玉石的结构等等都需要进行考虑，而不仅仅是材料的问题了。

那么，怎样才能减少奖牌在坠地时产生的振动波呢？王沂蓬仔细琢磨着，他注意到奖牌的面积就这么大，它的表面是不能做任何改动的，而要想减少振动波就只能从奖牌的内部想办法了。他说："我们做了几个点的改进，一个是在玉石和金属之间的距离原来很近，现在分别从玉石和金属的一边都扣进去一块，改进后的奖牌从视觉上看没有什么变化，实际上距离却放大了。"他在里面塞上主力材料，这些装进去以后就能起到一个缓冲的作用。

按照王沂蓬的设想，他找到玉石加工厂，让工人在玉石的边缘上打出浅槽，同样在奖牌的镶嵌处也打出一个更大的凹槽，这样玉石在奖牌的内部就有了更大的活动空间，而表面上却看不出任何变动。经过一番精心的准备，王沂蓬找到一种性能极好的缓冲材料作为填充，一切就绪后，新的试验即将开始。

开始试验之前，王沂蓬心里十分紧张，他说："当时我心里压力很大，这次要是再不行的话我就不知道怎么办了。"

试验开始了，按照预定的2米高度，王沂蓬松开手里的奖牌，只见奖牌瞬间落地，发出了清脆的响声，当他们从地上拾起奖牌时，大家都兴奋得叫了起来："成功啦！"王沂蓬第一时间拿起电话，把这个喜讯告诉了他的妻子。之前妻子并不知道他在做"金镶玉"奖牌，只是从王沂蓬的言谈举止中知道丈夫做的事情有难度，每天都打电话询问工作的进展。听说王沂蓬的试验成功了，她特别高兴。

2007年1月，国际奥委会的总部收到了北京奥组委寄来的北京奥运会奖牌实物，其中还包括了一盘录像带。在这盘录像带中，镶嵌着玉石的奖牌从2米的高空中自由降落——镜头定格在掉落在地上的奖牌上，玉石毫发无损。这项完美设计的最后一道难关被攻克，中国的设计师们成功了！这面承载着中华传统文化和亿万人梦想的奖牌也终于要在2008年北京奥运会的赛场上崭露锋芒了。

经历了一次次的失败之后，我们欣喜地看到北京奥运会的"金镶玉"奖牌在设计和制作上终于大获全胜，它不仅仅是奥运赛场上荣誉的象征，更是对奥运奖牌设计团队的最高褒奖，同时也是一件真正意义上中西合璧的高贵艺术品。

2008年，"金镶玉"奖牌上还将被刻上获奖运动项目的名称，到那时，一件完整的"金镶玉"奖牌将呈现在世人眼前。我们相信，到那时我们感受到的将是一种被赋予了中华文明独特魅力的奥林匹克精神。

（宋岩君）

走近科学
Approaching science

护身战衣

2000 年悉尼奥运会，中国选手陈中一举夺冠。

2004 年雅典奥运会，中国女将陈中、罗微再次夺冠。

从摸着石头过河到连续两届奥运会夺冠。短短 5 年里，中国跆拳道国家队实现了一个看似不可能的奇迹。

就连陈中本人都承认这是一个奇迹，她说："我们从 1995 年开始练，练到 2000 年，我在奥运会上拿到了冠军，5 年就拿到了奥运的冠军！"

然而，金牌与荣耀背后付出的是艰辛与汗水，对于当时条件较差的跆拳道国家队来说，没有专业的训练器材和装备，甚至连那些跆拳道强国的教练看到我们的队员训练时，脸上都满是不屑和质疑。

但就是这些"非专业"的训练装备培养出了一个又一个的世界冠军。

跆拳道是一项竞技类运动，起源于古代朝鲜的民间武艺，在 2000 年悉尼奥运会上成为正式比赛项目。了解这项运动的人都知道，在比赛中运动员是靠击打对方有效部位来得分的，而双方在对战时也是十分激烈。这样一个靠身体接触决定胜负的比赛项目是非常危险的，很容易对运动员造成伤害，所以在比赛之前每个选手都要穿上自己的战衣才能开始实战。

跆拳道运动员的传统行头包括：护头、护甲、护臂、护腿，由于运动员在比赛中越打越勇、越打越疯狂，装备也在不断地完善。发展到现在，连护齿这样的护具也成为比赛中必须的装备。

运动员在平时的训练中除了双人对战以外，更多的时候是借助沙袋、大脚靶、小脚靶等专业训练器材来达到训练效果。然而，我国跆拳道的发展却不是一帆风顺，国家队成立之初，根本没有专业训练装备，甚至连专业的教练都没有，那么，他们是凭什么在短短5年内就在奥运赛场上称雄？他们的金牌武器到底是什么呢？

1994年，国际奥委会在巴黎召开会议，跆拳道将在2000年的悉尼奥运会上被列为正式比赛项目。得到这个消息后，中国国家体育总局、中国体委立即召开了紧急会议。因为这个决定对中国在金牌榜上的位置造成了极大的威胁。陈立人说："当时韩国在巴塞罗那拿了12枚金牌，咱们拿了16枚金牌。如果跆拳道作为正式项目进入奥运会以后，这个韩国的优势项目很可能为他们再添一枚金牌，极有可能在金牌榜上超越我们，对我国奥运军团的总成绩将造成很大影响。"

经过几轮反复讨论之后，总局和体委的领导们做出了一个决定，任命陈立人负责开展这个项目。在听到这个任命时，练习散打和拳击出身的陈立人脸上露出的是一片茫然。他说："作为我本人来讲，我是反对这个任命的，因为我对跆拳道这个项目一无所知，甚至都不知道什么是跆拳道项目，只是偶尔听人家说这个项目源自韩国。"虽然心中有千万个不情愿，但最终他还是服从了组织上的安排。

从那以后，对跆拳道一无所知的陈立人开始查阅一些相关的资料。因为他首先要了解什么是跆拳道，召集什么样的运动员才能符合这个项目的标准。几天后，陈立人买了一张去往河南的火车票，他认为那里可能会找到自己心

中合适的运动员人选。至于原因，陈立人是这样说的："我只凭着自己的感觉，因为我是散打运动员，在中国的武术里有南拳北腿，其中北腿就是指北方的腿功好。经过初步的了解，我知道跆拳道项目90%以上都靠腿的基础，所以我认为应该在北方寻找队员。少林寺是北腿的发源地，所以我就去河南了。"

凭着直觉，陈立人在河南召集了7名运动员，而陈中就是其中的一员。当时还在河南省篮球队集训的她，听说要去北京，还能上北京体育大学，虽然不知道什么是跆拳道，但抱着闯一闯的心态，她决定跟着陈教练去北京。

随后，陈立人又在其他省份左拼右凑，终于召集了12名运动员，成立了我国跆拳道项目的临时队伍。就在他们雄心勃勃准备一展身手的时候，一个巨大的困难向他们袭来。

这个困难用陈立人的话来说就是："一无所有，没有训练场地，没有训练器材，这些最关键、最基本的保障全都没有。"

没有场地、没有器材，这就好比战士没有自己的枪，无法上战场打仗一样。由于国家当时对跆拳道这个项目还看不到希望，所以这些困难就只能由陈立人一个人来扛。这样的局面让他实在不知该如何是好，可当他看到一个个跟随自己背井离乡的孩子时，他在心里告诉自己："一定不能辜负了他们对我的信任。"

对于当年幼小的陈中来说，这个情况也是万万没有想到的。她说："我们到了北京体育大学，出乎意料的是，我们没有场地，只好每天绕着学校跑步，每天跑8圈，相当于 10 000 米。"

看着这些队员们，面临巨大困难的陈立人时常自言自语："我招了这帮小孩，才十二三岁，他们离开了学校，离开了父母，跟我几年以后回去啥也不是，怎么办？我必须得对他们负责任。"

就这样，陈立人凭借过去在拳击队任教练时的关系，在北体大借到了一块珍贵的场地。拳击队训练时，他们就在操场上跑圈，拳击队休息时，他们就到场馆里训练。在没有一点资金的情况之下，队内自筹了一笔费用，买到了一些散打训练的器材，从此开始了对跆拳道的尝试。

训练跆拳道为什么要买散打器材呢？对于这一点，陈立人感到很无奈，他说："当时所需的专业训练器材国内根本没有，别说那时候没钱，就算有钱也买不着。没办法，我只好去买了一部分散打器材，因为在我的认识里，这两个项目有点相似。"

在前几个月的训练中，队员们几乎没训练过技术，每天要在操场先跑上 10 000 米，然后是拉柔韧、练体能。虽然争取到了训练场地，但是能够让他们进去训练的时间寥寥无几。没有跆拳道专用的脚靶，拳击馆门口的那棵大树就变成了她们训练的器械。陈中回忆说："那时候我们就穿鞋往树上踢和踹，我们练击打就是用这棵树来控制，然后回收。那时候也不知道疼，连我都觉得挺奇怪的。"

除了拿树当靶子，没有跆拳道专用的垫子，队员们只能在拳击馆里破旧的地毯上练习腿法，而跆拳道的动作中脚下的旋转步法是十分重要的，在地毯上长时间的摩擦，使她们的脚上磨出了一个又一个的大水泡。陈中说："那个时候条件真的很艰苦，我们都咬牙硬挺着。脚上起了泡，晚上回到宿舍，自己拿根缝衣针，用手把水泡捏软以后，用针从一边缝过去，再把线穿过来，让里面的水流出来。有时候用一根线还不行，因为水泡里面还会有泡，于是再慢慢捏里面的第二层泡，然后再使劲给它穿过来。"

魔鬼式的训练一直伴随着这支坚强的队伍。在一次训练中，陈立人让陈中光着脚在一个布满煤渣的跑道上跑完 10 000 米。而当时的陈中只能跑 3 000

米,陈立人严肃地对她说,跑不下来爬也要爬完 10 000 米。因为在他的思维里,战胜对手的前提是首先要战胜自己。

陈立人到现在还记得那条布满煤渣的跑道,他说:"那是一个体校的煤渣跑道,当时我们要求陈中跑完 10 000 米,她跑不动了,但我仍然要求她把后面的四五千米跑完,跑到最后,她的手上、脚上、膝盖上全是血。"

功夫不负有心人,黑暗过后迎来的是光明。就这样,跆拳道国家队终于在 1999 年的世锦赛上拿到了第一块金牌。从此以后,他们就像一匹黑马,驰骋在世界跆拳道的赛场上,紧接着,这支胜利的队伍奔赴克罗地亚,参加 2000 年悉尼奥运会资格赛。那时候,所有人都看好中国的这匹黑马,因为在世锦赛上能够夺冠,奥运会的资格赛就应该轻松胜出。

但是,事情的变化永远是出人意料的。陈立人说:"我们参加了克罗地亚奥运会资格赛 4 个级别的比赛,队员有刘华胜、陈中和张会景。结果在那次比赛中,我们的运动员都在第一和第二轮就被淘汰了,连资格赛都没进去,全军覆没的结果对我们的队伍来讲无疑是一个巨大的打击。"

在奥运会的资格赛中没有入围,就意味着中国跆拳道国家队将要与 2000 年悉尼奥运会无缘。回国后,陈立人仔细寻找失败的原因,准备在最后一次资格赛上冲出重围。他在总结中发现,除了训练方法的单一以外,跆拳道更多考验的是运动员的逻辑思维。由于自己是拳击教练出身,所以过多地移植了拳击的训练方法和理念。虽然拳击与跆拳道之间的共性是可取的,但是从训练装备的角度来讲,散打和拳击使用的装备以及器材也有着本质的区别。

在奥运赛场上,跆拳道运动员必须佩带专用的护具才允许上场比赛。包括护头、护甲、护臂、护腿、护档和护齿。因为跆拳道属于竞技类运动,是靠击打对方有效部位来得分的,所以在实战中,这些保护装备对于运动员来说是极其重要的，一旦疏忽，就会造成严重的伤害。叶教练说，由于装备不合格，曾经出过人命，他说："那个队员当时就被打坏了，送到医院经抢救无效死亡，这样的例子在跆拳道的比赛当中，包括在国外也有个例发生。"

跆拳道协会秘书长解释说："简单地说，人的骨骼其实是很脆弱的，如果被一个硬物击中的一刹那，5 千克的力量就可能打碎身体某一块骨头。"

在比赛中，护具是跆拳道运动员上战场必备的战衣，它在保障运动员安全的同时，又进一步促进了比赛的观赏性。然而，这些看起来简单轻薄的装备为什么就那么坚不可摧呢？

清华大学力学专家进行的测力实验证明，专业跆拳道护具的材料以及设计是十分科学的。在以往的训练中，由于没有跆拳道专用装备，队员们只能穿散打护具进行训练。虽然同样是保护运动员，让他们在训练中免受伤害，但是，保护目的虽然达到了，训练效果却不能有效提高。那么，这两种不同的装备又存在怎样的区别呢？

陈立人说："散打是攻击性很强的项目，所以它的护具里面放的是竹板，这样就可以保护运动员的安全。而跆拳道项目的护具里面主要用的是硬泡沫之类的材料，比较柔软，目的主要是为了击打效果，打响了就行。由于前期没有意识到这些差异，我们的队员都是光着脚踢，结果好多运动员的脚都踢肿了。"

除了护具的不同，在训练中散打所用的脚靶与专业跆拳道脚靶也有很大的区别。从外形上比较，散打脚靶呈长方形，厚约 20 厘米，较为笨重；而跆拳道专用的小脚靶是手持式的，训练时可随意变换角度，十分轻便。

形状与构造的不同，使用散打脚靶训练会给运动员带来什么样的影响呢？刘华盛介绍说："散打脚把比较大，在身上抵着，而跆拳道专业用的是小脚靶，需要很强的协调性和自控能力。如果用散打的那种腿法，就会控制不住，而且它的阻力很小，如果运动员自身的控制能力不强，很容易失去重心，第二

腿连击是很难的，很难发起连续的进攻。"

　　无论是训练还是实战，跆拳道讲究的是听声音。专业的训练装备是由特殊的材料精制而成。跆拳道的护具以及训练器械内部大多是由乙烯压缩海绵构造，外面包裹一层特制的皮革。所以当运动员发力后，回响十分清脆。那么，散打与跆拳道装备的不同，会不会使运动员在心理上造成一定的影响呢？

　　在这一点上，陈中深有体会，她说："跆拳道得分是需要听响声的，而这种响声给运动员带来的自信是非常大的。如果护具发出的响声非常闷，运动员就会越踢越没劲了，就很难拿到好成绩。"

　　经过周密的分析和总结，陈立人终于找到了失败的主要原因。他立即调整了训练方法，紧接着又筹集了一部分资金强化了队内的装备和器材，并结合散打和拳击中与跆拳道的共性创造了一套独特的训练体系。

　　经过一年的冲刺，中国跆拳道国家队队员陈中终于在2000年的悉尼奥运会上摘取了第一枚金牌，继此之后，在雅典奥运会上，陈中、罗微又双双夺得了女子跆拳道不同级别的冠军。在今年的世界跆拳道锦标赛上，陈中又一次拿到金牌，实现了大满贯。中国跆拳道国家队终于鹤立鸡群，成为当之无愧的世界强队。

　　中国跆拳道国家队在摸索和尝试的过程中曾走过很多的弯路，在那个时候，更多地锻炼了运动员的毅力和吃苦的精神。陈立人教练有一句名言："我们的训练场地、器材和装备没法和外国比，但是我们中国人的骨头比他们硬！"

　　陈立人凭借自己的智慧和毅力，带出了一支钢铁般的队伍，他们从稚嫩到成熟经历了太多的挫折和痛苦，可令人赞叹的是，他们仅仅用了短短5年时间，就实现了一个让所有人震撼的奇迹！

　　走到今天，队员们的训练条件好了，什么都不缺了，但更值得珍惜的是过去的痛苦和流过的汗水，希望那些宝贵的回忆能永远激励着中国跆拳道国家队。

（梁婷婷）

 走近科学
Approaching science

解密乒乓

乒乓球被我们自豪地称之为"国球"，这足以证明我国乒乓球水平在世界上的霸主地位。在过去的半个多世纪，我国的乒乓球一直处于遥遥领先的龙头老大的地位，尤其随着北欧强国瑞典老瓦的退役，我们的国手们更是打遍天下无敌手。

有人曾说，在未来的几十年甚至到 21 世纪末，任何国家想要撼动，或者哪怕摇晃中国乒乓在全世界一枝独秀的地位，只有一种可能，那就是中国人自己放弃了乒乓。

对于我国的乒乓球运动来说，2000 年的悉尼奥运会也许称得上意义非凡。因为，在这届奥运会以后，人们发现乒乓球变大了。好好的球，为什么要变大，这到底是怎么回事呢？

2000 年 9 月，在悉尼奥运会赛场，中国人沉浸在一片欢呼的海洋中。在乒乓球男子单打比赛中，进入决赛的孔令辉苦战 5 局，最终以 3:2 战胜了瑞典乒乓巨人瓦尔德内尔获得金牌，实现了男子乒乓球"大满贯"。然而，

在此之后，一个足以让世界乒坛风云骤变的改革悄悄开始了。

国际乒联决定将乒乓球从原来的小球改为大球。

大球？小球？这是怎么一回事？从我国乒乓事业正式发展以来，乒乓球的大小就从未改变过，为什么突然把乒乓球变大了呢？一时间，各种猜测四起，其中有这样一种猜测：中国乒乓球从20世纪50年代开始起步至今，中国队员包揽了各项大赛的奖牌，占据了乒乓球世界霸主的地位，所以，国际乒联要改变乒乓球的大小，就是为了增加难度，打压中国乒乓球队。但是，这样的推测很快就被推翻了，因为，推动小球变大球的，也有我们中国人自己。

徐寅生，中国乒乓球界"三巨头"之一，曾担任国家乒联主席，为乒乓球运动进入奥运会大家庭立下了汗马功劳，他曾是大球取代小球的积极推动者。他为什么要推动小球变大球呢？徐寅生说："乒乓球运动发展到今天，乒乓球的速度越来越快，旋转也越来越强，结果运动员一个发球，有可能对方就吃了，往往一板就得分。观众买了门票来现场，就是为了看到一场精彩的比赛，可是一发球对方就接不住，一打球就得分，回合球少了，比赛观赏性也大大降低了。"

一发球对方就接不住，也许看到这样的球，在我们拍手称快之前，是不是还要经历一次大脑反应的盲区？没错，球打得太快，还来不及看明白，精彩就已经错过了，所以早在20世纪80年代就有人提出把球变大，目的就是降低球速，增加击球来回的次数，增强比赛的观赏性。可是，为什么仅仅是把球变大，而不是做其他的改变呢？

徐寅生解释说："当时国际上提了很多方案，比如将球网加高、球台加大等等，从运动员到教练，还包括器材商，涉及很多利益，所以有一些方案实行起来比较难。"

如果把球网加高，或将球台加大，对于人高马大、手臂长的欧洲人来说，控制起来没什么难度，而对于身材比较矮小的亚洲人来说，打起球来可就吃大亏了。而且，这两项方案还牵涉到运动员的习惯问题，所以在众多方案中，改球成了最合理，也是呼声最高的一项。可是，区区2毫米，真的能起到那么大的作用？

国家乒羽中心装备处主任俞斌说："小球和大球尽管只差那么一点点，可是它的重量改变了，在空气中受到的阻力也不一样，40毫米的球要比38毫米的球明显地减少旋转和速度。"

别看只是改动了2毫米，技术人员为此却没少做科学实验。为了证明40毫米的大球比38毫米的小球耐打，从击球回合、观众反应、转播效果上，技术专家们设计了大量的测试实验，数据表明，增加2毫米可以让球赛的观赏效果得到保证，也可以让运动员打起来没有手感上的区别。可是，就在国际乒联极力推动小球变大球改革的时候，问题又来了：由谁来承接改球的任务？

红双喜集团董事长楼先生回忆说："我记得那是1996年亚特兰大奥运会的时候，半夜两点，一个电话打到我家里，我赶紧接起来听，原来是徐主席打来的。"那时候徐寅生主席正在国际乒联开会，在他们那里是白天，而在国内却是半夜两点。

徐寅生在电话里说："我们有一个想法，想把乒乓球从38毫米改为40毫米，作为将来的比赛用球。你能不能尽快地做出来，这样运动员才可以试验。"

就这样，红双喜，这家以"蚊帐作坊"起家的民族企业，接下了国际乒联的这次改革任务。可是，在刚接到任务时他们也犯难了，区区2毫米，似乎只是国际乒联的一次小改动，可对于一家民族企业而言，它意味着天文数字的巨额风险，一旦生产不成功，大球不被人认可，那就意味着大额资金的投入打了水漂。

楼先生说："乒乓球涉及很多的质量要求，有尺度的要求，圆度的要求，硬度的要求，还有重心的要求，弹跳的要求，以及牢度的要求等等。如果这次改革不成功，那我们的整个投入会是一个很大的损失。"

冒着大额资金打水漂的风险，红双喜咬着牙毅然接下了这个苦差事。接下来的日子里，红双喜投入了大量的人力、物力，从生产设备到工艺，作了全面的改动。在国家体育与科研研究所以及中国乒乓队的帮助下，通过两三年的磨合和努力，终于制作出符合世界使用标准、符合运动员比赛习惯的40毫米大乒乓球，而这，也意味着一次标准的创新。然而，让他们万万没有想到的是，国际上的同行们并没有对他们投以钦佩的眼光，反而提出了质疑：为什么这个标准由中国来提供，并由中国来生产？这时候，国际乒联出面进行了解释："如果你们有更好的办法可以提供，你们也可以拿出来讨论。"于是，那些来自欧洲的、日本的、美国的厂商哑口无言了。

国外的厂商当然只能哑口无言、望尘莫及。40毫米的大球一经推出，立即受到了赛内外市场的广泛关注，第一次让中国的标准成为了国际的风向标。中国民族企业的这一次冒险创新，又一次让世界乒坛对中国侧目。

过去的小球由于阻力小、旋转强、速度快，不用猛力攻击，只是靠发球高速旋转就能控制对手，掌握赢球机会，甚至在前3板就能结束战斗，所以小球时代，是灵巧型、技巧型运动员的天下。

而改成大球后，球大阻力就大，旋转慢，回合相对较多，要想象小球那样靠发球和玩技巧取分太难，必须凶狠大力扣杀才能占据上风。所以到了大球时代，就成了身强力壮，攻击猛烈，力量型、进攻型运动员的天下。

有一组数据显示，在小球时代，王励勤和马琳在发力暴冲的时候，弧圈球最高转速超过每秒 100 转。而改为大球以后，球的转速明显下降，就连发球最转的刘国梁，他的下旋长球最高转速也只有每秒 75 转。从这组数据中就能明显看出小球和大球的区别。

无论是小球还是大球，因为标准是我国最先制定的，中国乒坛的老将新人们能够更早地适应大球的打法，因此，乒坛霸主的地位至今仍旧无人动摇。那么，除了球，中国乒乓的制胜法宝中，还有其他秘密武器吗？

其实，所有的玄机都在这一掌见方的乒乓球拍上！

1960 年年底，就在我国运动员积极准备 26 届世界杯锦标赛的时候，他们突然听说，日本运动员发明一种秘密武器叫做弧圈球。

那时，日本队凭借这一"秘密武器"横扫欧洲，在几次访欧比赛中，把欧洲顶尖高手打得晕头转向，不知所措。当时许多世界乒坛的权威人士都认为，26 届世乒赛将是日本人的天下，日本人也宣称要凭借这一新技术再次垄断世界乒坛。

徐寅生对于日本人的这种弧圈球深有感触，他说："那时全世界都被弧圈球打得一筹莫展，因为它的旋转太强了，不是想象中的稍微加强，而是非常强，所以欧洲选手根本控制不住，球拍一碰到球就飞了。"

收到消息后的中国乒乓球队也有一丝担忧，这到底是一种什么样的神秘武器，能让日本人的技术在那么短的时间内神速提高？弧圈球到底是什么？

要破解这种秘密武器，我们还得从乒乓球拍说起——

乒乓球发源于欧洲，最古老的乒乓球拍是用羊皮制成的。最初，欧洲一些喜欢打网球的人在喝咖啡闲聊之余，突然有了在桌子上架个网打球的想法，正是这个原始的想法，让乒乓球运动得以诞生。因为羊皮拍子的速度和力量太小，后来又演变出用木板做的拍子，直到大家都觉得木板做成的拍子也不好用，才出现了胶皮拍子。

到了现代，乒乓球拍基本上已经演变成以下的几种：胶皮拍、海绵正贴拍和反贴拍。正贴拍，指的是海绵上覆盖的颗粒向外的拍子，击球时这些小

颗粒能"吃"住球，适合快攻型的运动员使用。

而反贴则刚好相反，颗粒向内粘贴。这种球拍胶皮表面有较大的黏性，摩擦力强，加上胶粒朝里，反弹力小，能主动制造令人匪夷所思的旋转变化。

徐寅生介绍说："弧圈球的产生离不开反贴拍，如果用正贴拍就拉不出这种旋转，因此它是一种革命性的变化。"

20世纪60年代日本发明的这种秘密武器弧圈球，其实就是反贴乒乓球拍。日本人的弧圈球用反贴球板，拼命用力，往上摩擦，使球产生强烈的旋转，上旋力很强，对手一旦摸不准球体的转向，就会陷于被动。面对这种形势，当时以荣国团为代表的中国乒乓球队紧急商量对策，寻求破解弧圈球的策略。徐寅生分析说："日本人是单面进攻，拉弧圈球位置，他们的反手比较弱。此外，他们进攻的速度比较慢、动作大，而我们中国人的进攻速度则比较快，动作也较小。"

从球板上来看，这场球赛就是反贴与正贴之争；而从打法上讲，则是快攻和慢攻之战。中国队在研究了日本人的打法后认为，弧圈球威力虽然很大，但也并非无懈可击，于是中国队做出决定，你打你的，我还是坚持打我的。

最终，我们的快速进攻把日本的弧圈球制得伏伏贴贴，在第26届世乒赛上，中国队一举夺得男团、男单和女单3项冠军，从此全面登上世界乒坛的最高峰。乒乓健儿取得的骄人战绩极大地鼓舞了全国人民的士气，国家领导人在人民大会堂为乒乓球队举行了盛大的庆功宴。

除了球和球板就能破解敌人的战术，乒乓世界里还有哪些奥秘呢？

在乒乓球赛场上还有一个看不见的东西，那就是胶水。不了解乒乓球的人可能会问，胶水和乒乓球有什么联系呢？难道胶水也能影响乒乓球成绩的发挥？

没错！要把海绵、胶皮和底板黏合在一起，就必须要有胶水。最早，人们使用的是那种普通的、用来粘自行车内胎漏气的胶水，这种胶水具有一定的毒性。后来，国外又发明了一种快干型的有机胶水，粘了这种海绵以后，海绵就会膨胀起来，海绵孔里就会进空气，而一旦进了空气，海绵孔的弹性

就会变大，打起球来旋转性就会变强，并且击球速度也快了，打起球来声音也很脆。用了这种有机胶水以后，打起球来手感很好，因此各个乒乓球赛事都设有粘胶室，供运动员在入场参赛前重粘胶皮。那时候，习惯刷胶水的一些运动员甚至每次比赛都要刷上几十遍胶水，几乎到了不刷胶水打不了比赛的地步。

由于有机胶水中的有毒成分甲苯很有可能对乒乓球运动员的身体造成伤害，在第49届世乒赛期间，就发生了日本一名业余选手在粘拍时突然晕倒的事情。这次事故尽管是偶然的，却在日本引起了很大震动。

有机胶水的毒性历来就是争论的热点，国际乒联主席沙拉拉曾经在新闻发布会上表示，哪怕"禁胶令"使乒乓球运动倒退到20年前，他也要坚持！谁也没有料到，一个小小的"胶水"竟然能掀起轩然大波。

出于对运动员健康的保护，大会决定从2008年9月1日起，停止使用原来的有机胶水，而改用水质胶水，北京奥运会的乒乓球比赛，将不会受到这项新规则的影响。

在一年前，红双喜就完成了水质胶水的研发工作，并在今年3月获得了国际乒联的生产批准。新型的水质胶水无色、无味，稀得跟水一样，刷一遍就可以使用。用这种胶水的底板易清洁，不留残留物。虽然它没有增加海绵弹性的作用，但仍然可以通过发挥海绵和胶皮的特点来弥补胶水膨胀率低的特性。

徐寅生说："使用这种胶水可能会对乒乓球的旋转速度有所减弱，但我仍然认为这是一个好消息，我希望能通过这一改进把乒乓球的速度减弱一点，这样比赛的观赏性就更强了。"

除了球、球拍和胶水，其他的乒乓器材也伴随着乒乓球事业的发展而逐渐改革，而每一项改革、每一处细节，都倾注了技术专家、体育专家和运动员的智慧和汗水。其实，无论使用什么胶水，无论使用大球还是小球，都毕竟只是硬件上的改变，正如王励勤所说，他并不打算分散精力去关注胶水的问题，因为对他而言，最重要的还是 2008 年，调整好自己的状态，不懈怠训练才是当务之急！

我们现在知道，运动器材对于一项运动有多么重要，运动器材既能对这项运动起到决定性的影响，也能对观众的观赏效果产生重要的影响。比如，现在比赛使用的新款彩虹球台，将以前乒乓球桌单调的四根腿，改为现在的拱形圆弧，视觉效果就大不一样了，甚至有的球台底下还是水晶的，里面镶嵌射灯，通过光线的变幻来营造不一样的效果，让观众们在体验比赛刺激的同时，也能增加一些美的享受。

所以，我们不仅要感谢赛场上挥洒汗水为国争光的乒乓健儿，也要向为运动装备作贡献的那些幕后的英雄们表示我们的敬意，因为，没有他们就没有中国乒乓事业的今天！

（梁婷婷）

解密羽毛球

羽毛球运动从外国传入我国不过几十年时间，可是在我国已经开展得比较广泛。它的发源地英国，开展这项活动也不过一百多年，然而这项运动在人类的历史长河中，却早已萌芽。它从产生、演变并发展到现今，经过了漫长的路程，如今已成为群众喜爱的体育活动。

可能一直都在打球的您，对手中的拍子却不一定了解，就是打球打了一辈子的人也未必知道它个中的奥秘。一副羽毛球拍贵的要成千上万，便宜的却只要几百元甚至十几二十元，同样是球拍，为什么价格却有天壤之别呢？比赛用的专业拍子与普通人用的拍子到底有什么不同？要找到这些问题的答案，就让我们一起近距离地接触羽毛球运动。

2006 年 10 月，在湖南益阳，世界杯羽毛球赛进入了最后一天的征程。男单决赛在两位中国选手之间展开——林丹和队友陈郁。

首局，林丹开局率先发动起攻势，占据了场上主动的位置，在场上稳定

发挥，虽然陈郁将比分一再追近，但关键时刻，林丹还是依靠一记劈杀锁定胜局。21比19，林丹拿下第一局。

开局不利的陈郁没有因此受到影响，他的状态在第二局有所上升，不仅在网前和林丹斗智斗勇，在后场的进攻中也"针锋相对"，可是，他却始终无法抵挡林丹的猛烈攻击。然而，就在大家认为林丹胜券在握时，场上突然出现了一个意外。

林丹的一记后场扣杀，竟然不慎将球拍打坏。现场的观众看到，林丹手上的球拍已经完全扭曲，他不得不暂时中断比赛，换拍调整状态。而陈郁则抓住林丹换拍的机会，发动反攻势头，乘胜追击，最后竟然绝处逢生，以21比19拿下第二局。

难道，一把球拍就能影响成绩决定胜负？我们无法断定是不是换拍的意外导致了林丹的失利，但值得肯定的是，一把手感良好、磨合稳定的球拍是羽毛球运动员作战的重要武器，突然调换难免会不太适应。可是，一把顶级比赛的专业球拍为什么会突然发生严重变形呢？

20世纪60年代以前，是一个以木材为主要材料的年代，当时，国内最有名气的木拍子要数航空牌。后来，人们嫌木头重，又用竹子做拍子，可是，这样的拍子弹性非常之差，使用起来也非常不便。

但凡使用过木拍子的人，都不会忘记它的沉重和那份手臂的酸痛。北京市老年羽毛球队82岁高龄的教练周荣对过去的老拍子可谓记忆犹新，他说："那种木头拍子老沉老沉的，拿在手上感觉累和硬，打得手都疼了，可那个时候就只有那种拍子，没办法，哈哈。"

　　虽然有不少人仍然怀念着木头的原始手感，但毕竟科学的发展不会等人，球拍开始和金属亲密接触起来。先是木拍子后面配着铁杆，再后来，索性发展到整个拍子都是铝合金。但是，这种拍子的缺点也不少。前世界冠军肖杰说："刚开始用这种拍子打球的时候，如果打得不是太准，两个拍子磕碰一下，都可以把拍子打得凹进去，并且这种拍子打起来很震手，用起来不太舒服。"

　　到了20世纪80年代初，木球拍几乎一夜之间消失了，羽毛球拍的金属年代到来了。然而还没等大家对铝合金球拍逐步适应，它又被市场淘汰了。20世纪90年代初，一种叫碳纤维的高新技术材料进入了人们的视线。

　　碳纤维是在高温分解下，去除了碳以外的所有元素的一种复合材料。别看它的比重不到钢的1/4，抗拉强度却是钢的7~9倍，因而，凭借着出色的性能，碳纤维一举将金属球拍赶出了羽毛球训练场，直到现在，它都占据着王者的地位。

　　在红双喜的羽毛球生产基地，从几张薄薄的碳纤维纸片开始，我们记录了碳纤维制作球拍的全过程：卷条、成型、钻孔、打磨、喷涂、包装。

　　肖杰说："在击中球的一瞬间，拍子可以给你最佳的抗力，最稳定的性能，这样击出去的球落点就会好。球拍通过肉眼是看不明白的，只有拿在手上试了才会知道。制造球拍的工厂生产出的拍子，一定要在实验室经过多次的实验，组合成一款拍子再拿给专业的选手试。"

　　同样重量的球拍拿在手中的感觉会大相径庭，这就是因为球拍的平衡点不同的缘故。如果球拍的平衡点更靠近拍头，就叫"头重"；如果球拍的平衡点更靠近拍柄，就叫"头轻"。喜欢反手型的和喜欢进攻型的运动员，使用拍子的平衡点都是不一样的。

　　前世界冠军肖杰介绍："反手型的拍子一般比较软，此外最关键的一点是，这款拍子整个平均的重量是偏重于拍板，所以拍头要轻一些。这种拍子在选手使用时，反手一定要摆得很快，所以比较灵活、柔软一些。"而进攻型球拍的拍头比较重，拍柄相对轻一些，而且拍板的强度也要大一些，硬一些，因

为拍头重，速度加力量使得球在下压的时候会有力得多。

除此以外，一副好拍子不能只仰仗于好的材料，或者好的平衡点，还得依靠一个重要部位——羽弦。一把性能优良的羽毛球拍是由拍体和羽弦共同组成的，很多球友在选择羽拍时很耐心细致，对于羽弦的选择却不太重视，往往只是看看价格和色彩就决定了。其实羽弦的重要性并不亚于羽拍。那么，怎么挑选好的羽弦呢？

要为球拍穿适合的羽弦，首先要选择一位专业的有良好技术的穿弦员来为你穿弦，一个好的穿弦员能帮助你选择适合你打法的羽弦。一根弦是粗还是细，对于球拍的击球性能有很大的影响。

红双喜羽毛球拍技术总监介绍："粗一点羽弦比较耐打，而如果想要弹性好，线径相对就要细一点的。不过，弹性越好的线，它的耐打度也会越差。"

选好了弦，应该拉多紧才算合适呢？具体拉多大力度，在羽毛球专业术语上，一般用磅数来表示。磅数越高，弦拉得越紧，打出的球速度快、落点准，一般专业运动员都用高磅数的拍子，低磅数的拍子就正好相反。

专业运动员一般的扣杀，都是打比较高的磅数，基本上在 32 磅左右，而普通选手选用的磅数在 24 到 26 磅之间。

为什么专业选手用的都是比较高的磅数，而普通的球友只能拉相对较低磅数的拍子呢？

原来，磅数并不是越高越好，如果你不属于力量型的进攻型选手，磅数高的拍子往往是高强度的，打起来很容易伤害到手臂。

世界冠军肖杰也说："并不是羽弦绷得越紧，打出的球就会越好，因为羽毛球打在球弦上，然后再反弹出去，在那一瞬间，如果球拍绷得很紧，而击球的力量又不够大，球就很容易打飞掉了，这样的拍子不好控制。"

而在 2006 年世界杯羽毛球赛决赛中，林丹失利的第二局里，他的球拍之所以严重扭曲变形，正因为他是一个超高磅数的专业比赛球拍，在猛烈的扣杀下，受到了强大的外力撞击，薄弱位置的弦意外断裂，被强大力量绷紧的拍框因为张力突然失去平衡而严重变形，导致球拍永久性损坏。

所以，别看穿弦的动作不算复杂，这可是需要付出很大程度的耐心，因为，穿一条耐力适合、弹性和强度都和球拍、打法吻合的弦，并不是一件轻松的事。

世界冠军肖杰曾说："在羽毛球场上，球拍是手臂的延伸，一款好的拍子就相当于是运动员的手臂延伸出去，成为身体的一部分。"

不光是羽毛球拍，羽毛球也是有着许多奥秘的。

羽毛球可以用天然材料制成，也可用人造材料制成。制造羽毛球的标准非常严格，每一个羽毛球都应该有 16 根羽毛固定在球托部，羽毛长度必须精准到 64 毫米至 70 毫米。每一个球的羽毛从托面到羽毛尖的长度应一致。羽毛顶端围成圆形，直径为 58 毫米至 68 毫米，应用线或其他适宜材料扎牢羽毛。羽毛球重 4.74 克至 5.50 克，这么一个轻盈的小球，是怎么飞出 300 千米的时速的呢？

一只好球的诞生，是从挑选好的球毛开始的。球毛的分类是一个庞大的工程，毛梗的粗细、毛片的厚薄，毛的弯翘程度等各个方面都要仔细考核，仔细归类。在同一只羽毛球上，选用的 16 根羽毛越相似，羽毛球的飞行速度就会越快，稳定性也就越好。

然而，由于组成一个羽毛球 16 根羽毛都是天然的，羽毛有厚有薄，有的往左边弯，有的往右边弯，要挑选出同样重要、体积的羽毛组成在一只球上，16 根羽毛要均匀，每一根羽毛的重量相当，体积相当，形状相当，这样做出来的球飞行才是稳定的，可是，这也是非常不易的。

选毛、插毛、注胶、勾线、包装，经过一系列流水线生产，一批飞行稳定的羽毛球就被制作出来了。但是，再严谨的工作也不能保证每只羽毛球的

质量和稳定性能，又该怎样来测定一只羽毛球是合格的呢？

有一种专业的羽毛球测试器，生产出来的羽毛球成品必须通过这种仪式器来进行严格的测试。被机器一一击打之后，羽毛球纷纷落在了对面的分类篮里，一个具有正常速度的球应落在离对方端线10米左右的区域内。由于重量不同，被击打时飞出的距离、高度和稳定性都不同，通过对击打距离的区别，不同重量规格的羽毛球就被详细地归类开了。

欧洲人一般用77号球，球上会标注77型号来表示，它采用的是速度标识。亚洲人通常喜欢用重量标识，从4.5克重到5.5克，4.5克的球轻一些，球在飞行中的速度就慢；5.5克的球较重，飞行起来就快。

此外，技术人员还会通过各种实验渠道去区分球的重量，为什么区区零点几克的差别也要分得如此仔细呢？难道这样细小的差别会影响击打的效果吗？

原来，球身或者是球头稍微重一点，击球时引起的震动就会大很多，这种力量会传递到击球员的手臂上，长期下去会对手臂的韧带产生伤害作用。

反过来，球如果太轻，击球时会发出更大的力量以达到击球到位的目的，这样更容易引起手臂的疲劳，对手臂也是一种伤害。所以，好的羽毛球，往往是能最大限度降低受伤的概率。

一个如此轻盈的球，怎么会飞出那么快的速度呢？原来，选用的羽毛也是有门道的，一般来说，鹅毛制作的羽毛球比鸭毛的好。为什么同是羽毛，还会有这样的差别呢？

世界冠军肖杰解释："鹅的羽毛比较厚实，羽毛的含绒量，以及所含的纤维丝比较丰富，也比较密集。用这种羽毛做成的羽毛球飞行会很稳定，并且也很结实，球的光泽也很好，外观看起来很白，但又不是纯白，很自然的，有油性，看上去毛光水滑的，很舒服。"

好拍难得，好球也难找，在这巴掌大的球拍和拳头大的羽毛球身上，还有很多学问等待着我们去开掘。这些学问，能让初学者迅速地掌握要领，灵巧地指挥着球和球拍；这些学问，更能让专业运动员精于战术，鏖战群雄。

大家都知道，我国羽毛球有"快、狠、准、灵"的技术风格，并在国际羽坛取得了巨大的成功。国内研究人员对国家羽毛球队杀球球速的测定结果显示，一般男运动员可达到 322 千米／小时以上，个别优秀球员杀球时甚至可以达到 350 千米／小时，几乎与最快的 F1 赛车同速。若以 261 千米／小时的球速计算，羽球飞行一个羽毛球场（全长 13.4 米）仅需 0.184 秒。可以说，这力量与速度的背后，与一套高科技的现代装备是密不可分的。所以，一副好拍子和一只好球，能让比赛增加亮色。

很多练习羽毛球的人都有这样的感受：通过经常观察对手挥拍情况和高速飞行中的球，有时能像武林高手一样，在对手击球的一瞬间看清楚球拍翻转变化的微小动作。其实，让人练得"眼明手快"的原因很简单，我们的眼睛紧紧追寻高速飞行的球体，眼部睫状肌不断收缩和放松，大大促进了眼球组织的血液供应，从而改善了睫状肌功能。因而，长期打羽毛球能提高人的视觉灵敏度和眼睛的反应能力。对于普通羽毛球爱好者，尤其是中老年人和过度使用眼睛的人来说，如果能坚持练习，视觉敏感度将会明显提高。

（梁婷婷）

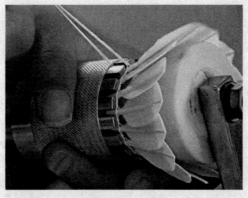

速度之鞋

2005年6月，一双价格昂贵得让人难以置信的鞋出现在了中国。说它昂贵，那是因为这双鞋不是以百元、千元或是万元来计算，而是高达上千万元。这一价格让闻者无不为之动容，甚至有国外的博物馆远涉重洋跑到中国来，就是为了收购这双鞋。

这双鞋凭什么这么贵？它与众不同在哪儿？而这双鞋的主人又是谁呢？

在2004年8月27日雅典奥运会110米栏的比赛现场，中国田径运动员刘翔闯入了大家的视线。从初赛到决赛，他的成绩一直保持在前三名之内。在决赛中，他更是跑出12秒91的惊人成绩，不但赢得奥运会的冠军，而且平了这个项目的世界纪录，同时打破了外国人独霸110米栏的神话。

在随后的一段日子里，刘翔成为了所有人关注的焦点。人们为他的成绩欢欣鼓舞，同时对于刘翔夺冠的原因分析也接踵而至。有人说刘翔的身体异于常人，也有人说刘翔的身高体重是最佳比例，而其中最为引人注目的，是关于刘翔的那双特殊的跑鞋。

单田芳曾在评书中这样"形容"刘翔的跑鞋："刘翔脚上穿的那双运动鞋与众不同，那鞋有个名叫红色魔鞋。据说，刘翔在赛前不惜重金聘请专家学者打造这么一双鞋。这双鞋是按照五行乾坤八卦三才之理制作的，里面还暗藏着八八六十四枚中国长征二号微型的火箭，要不他怎么那么快啊？"

刘翔的跑鞋是否真的像单田芳所说的那样呢？在上海我们找到了那双传说中的金牌跑鞋，也就是刘翔在2004年雅典奥运会夺冠时穿的跑鞋。当我们将这双鞋拿在手里时发现，几乎感觉不到它的重量！据专家介绍，这双鞋子是用特殊材料制作的，因此重量非常轻。鞋底那些看似没有规则的花纹其实并不是随意制作的，而是根据刘翔的特殊脚形定做的。整个鞋子浑然一体，仿佛充满了力量，给人一种蓄势待发的感觉。这双金牌跑鞋到底是如何帮助刘翔提高成绩的呢？

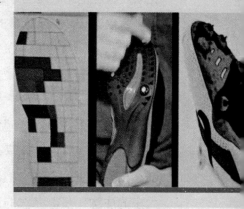

自从人类开始体育运动到现在，运动的发展已经逐渐接近人的体能极限，各国运动员的身体素质已经相差无几，体育的竞争已经慢慢地转移到了体育装备的竞争。在游泳界中有着俗称鲨鱼衣的泳衣，能够降低人体在水中的阻力。它的原理是通过量身定做的泳衣改变人体上的凹凸不平，使身体的曲线趋于流线型。在需要大量出汗的运动中有着能够快速蒸发汗水的清凉运动衣，是通过在人体容易出汗的部位放置特殊吸汗材料来实现快速蒸发汗液的。各种技术的应用使得比赛场上到处都能见到高科技的踪影，而对于跑步来说至关重要的跑鞋更是如此。

拥有一双好鞋是很重要的。对于运动员来说，一双好的跑鞋就像士兵有一把好枪一样，一把好枪和一把次枪打起来效果是不一样的。

跑鞋按照跑步的距离不同分为两类，一类是用于短跑的钉鞋，这种鞋为了和地面产生足够的摩擦力，在鞋的前部放置了鞋钉。另一类是马拉松之类

速度之鞋

长跑项目用的跑鞋，用于长时间的奔跑，这种跑鞋与钉鞋相比穿起来比较舒适，能够让运动员适应长时间的奔跑而不感到疲倦。

现如今跑鞋的样式繁多，令人眼花缭乱，然而就在短短的一个世纪之前跑鞋还和皮鞋没有什么区别。

在1936年的柏林奥运会上，运动员欧文斯获得4块金牌并创造了5项世界记录。当时他穿的是阿迪达斯公司为他制作的跑鞋，在那之后，阿迪达斯的跑鞋大放异彩，越来越多的运动员，尤其是田径运动员，发现了专业跑鞋的重要性。

最早的钉鞋是阿迪达斯发明的，通过在鞋底上加钉，能让脚和地抓得更紧。

1960年罗马奥运会上，埃塞俄比亚运动员阿贝贝·比基拉光着脚夺得马拉松比赛的世界冠军，他成为奥运历史上著名的"赤脚大仙"，创造了奥运田径史上的奇迹。然而同样在这届奥运会上，另一个奇迹却更加吸引大家的注意，获得名次的田径运动员中75%都穿着阿迪达斯公司生产的跑鞋。这在当时引起了轰动，运动员们都争相购买这种跑鞋，可是问题也随之而来。

刘翔的教练介绍："那时候的跑鞋的鞋底是由一种非常硬的塑料制成的，鞋面是用的皮革，鞋底用的是一种特别长的钉子，穿上去脚感不是特别好，感觉比较软。而且在脚的前掌和脚后跟的中间这个衔接部位固定性不是太好，稳定性也不是太好，尤其是遇到下雨的天气，穿这种鞋根本就没法跑，往往跑着跑着鞋就脱落了。"

随着运动项目越来越多，仅仅只有钉鞋并不能满足运动员们的需要。为了解决这些问题，跑鞋的研究成为了当时最热门的话题。在研究的过程中人们逐渐发现，跑步并不是一个简单的动作，它甚至还和人体本身的生理缺陷有关。

虽然人的结构属于天生的，但是人体的这个结构并不是很适合长距离的奔跑，因为人在正常跑步的时候，一般脚部的压强会达到平时体重的2~3倍，对人的脚、膝盖、脊椎，甚至大脑都会有影响。

直立行走是人类区别于其他灵长类动物的重要标志，有研究表明，直立行走比起四肢着地爬行，能够把能量损失降到最低，但是，人类为了直立行走也付出了相当大的代价，那就是我们腰部肌肉的劳损和脊柱的弯曲，以及背部、腰部的疼痛，这一切现象只有人类才有，而其他灵长类动物是不存在这个问题的。只是行走都会给我们的身体带来这样的损伤，就更不要说运动员，尤其是田径运动员跑步对身体带来的伤害了。有研究表明，如果运动员脚下的鞋不好，当他穿着鞋的脚与地面接触的时候，这个巨大的冲撞能量就会扩散到全身，尤其会影响到他的脊柱。长期进行这种不良方法的训练，会导致人的大脑受到损坏，因此，要保护好一个运动员，尤其是田径运动员，首先就要保护好的就是他的脚，换言之也就是找到一双适合他的鞋。

在激烈的跑步过程中，脚部产生的压力是人体总重量的10倍以上。这些压力一部分被人的脚部所承受，还有一部分被脚下的鞋所缓冲。跑鞋越好，意味着人体所受到的冲击越小；缓冲越好，意味着人体所受到的冲击越小。

1974年，一种新的材料面世，这是橡胶之外的另外一个新材料，叫做EVA，也叫乙烯发泡材料。用这种材料制成的鞋的中底非常好，轻质柔软，而且抗疲劳度强。有了这种材料之后，跑鞋开始了突飞猛进地发展。

聚乙烯发泡材料在经过高温的加工后会变得非常蓬松，并且它能够被加工成任何形状，且重量非常轻，非常适合用于鞋底的减震部分。然而鞋底的设计并非只有减震这么简单，据统计，绝大部分人都是用后脚掌外侧着地，然后再全脚掌着地，之后可能有一个向前的外翻，比如以大拇指趾作为重心

来离地。

通过高速摄影机记录下的图像我们可以发现，对于大多数运动来说都是脚跟着地，在着地的瞬间，脚跟将承受这一瞬间产生的所有压力，所以对于脚跟来说，减震是最重要的。在运动的过程中，脚前部总是需要用力蹬地，因此脚前部和地面之间最好能有适当的弹性，使得蹬地的瞬间产生更大的爆发力。

可以通过一个模拟试验来证明这一点。用两个不同颜色的小球，一个是蓝色的，另一个是黄色的，分别由两种不同的材料做成，具有不同的性质。这两种材料都能够用在鞋上，但是用在不同的部位。当蓝色的球从空中落地的瞬间，它是纹丝不动的；而黄色的小球则会不停地跳动。从这一点我们就可以分析出，在鞋的底部应该使用的是蓝色球的材料，它可以更好地吸收能量，而黄色球的材料会用在鞋的前部，这样才能保证把能量转化为弹力。

用这种特殊材料制造的鞋底虽然能够起到减震和增加鞋底弹性的作用，但是对于专业运动员来说，激烈的比赛场上只有注意到每个细节才能有最完美的表现。因此根据每个运动员的脚底情况不同，量身定做运动鞋成了最好的方法。在定制跑鞋之前，运动员要在跑道上做出各种动作，而他的脚下的受力情况也会被一点一点地记录下来。通过这些数据，研究人员就可以了解这个运动员在运动过程中脚底的受力情况，并根据受力的大小设计出最适合他的跑鞋。

虽然外表上没有什么区别，但是从实验室研究出来的定制跑鞋的内在却大不相同，因为每个人的运动数据是不一样的。即使是同一个人，他的左右脚受力情况也会不一样，这种不同还与这个人参与的运动有关，甚至和他的伤病也有关系。

比如很多篮球运动员都会有一些老的伤病，这些伤病可能会带来脚部一些骨头的变形，这就需要我们手工去测量，比如，姚明的左脚趾就比右脚趾要短，那么他就会有一个专门的测量。

经过测量的数据被分析和研究，受力比较大的部分，在制作跑鞋的过程中就要加入相对弹性较好且较耐用的材料，而受力比较小的地方则可以垫高，把力平均分布到整个鞋底，最终达到减少路面对脚底压力的作用。除了对压力分布的控制，鞋的设计还要根据运动员从事的运动项目进行改变。

比如篮球鞋，因为篮球是一种对抗性比较强的运动，所以篮球鞋既要兼顾到反弹、摩擦、防滑，又要兼顾到脚步的保护，在鞋的设计上就要关注几点，比如可以设置一些高帮鞋，这样能够保护到脚踝部分。

再比如网球鞋，由于网球是一种侧向移动较多的运动，所以要关注的主要是侧面的保护；而跑步是一种前后性不断，连续性的运动，因而跑鞋的设计主要是强调鞋底设计，包括鞋后跟一些部位的承托。

为了提高成绩，很多大公司都会为运动员特制专用的比赛用鞋，这种量身定做的运动鞋，能够符合每个人的不同脚形，使鞋和脚完美地结合在一起。

刘翔的"金牌跑鞋"上没有同普通跑鞋一样的减震结构，而前部的鞋钉分布也与众不同，这其中又有什么原因呢？

这是因为，短跑的特点一是时间周期短，二是强度较大，所以通常情况下，我们更多考虑的是着地时，鞋抓地的稳定性。我们可以发现，在现代一些新的短距离速跑钉鞋的设计上，整个鞋底是一整块的，非常强调连贯性，脚后跟部分没有任何缓冲，因为运动员大多是前脚掌着地的状态。

短跑和长跑的区别在于，短跑需要运动员具有超强的爆发力，因此在跑动过程中，跑动的速度是第一位的。运动员在高速跑步的过程中，省略了后脚着地的过程，脚后跟一直处于离地状态。因此在短跑鞋的设计过程中，鞋后跟的缓冲作用被转移到了前脚掌，所以在短跑鞋的后跟都没有减震结构，取而代之的是前脚为了取得最大抓地力而设计的鞋钉。

刘翔的跑鞋在设计的过程中同样运用了脚底的压力感知系统，在分析了刘翔的脚部受力后，研究人员在刘翔脚底最合适的位置放置了5颗可以拆卸的鞋钉，这样在他跑步的时候就能得到最大的摩擦力。据刘翔自己感受，这双新的金牌跑鞋就像袜子一样紧紧地贴在脚上。是金牌跑鞋帮助刘翔获得了世界冠军，是红色魔鞋帮助他在比赛中创下了世界纪录。可以说科技铸造速度之鞋帮助刘翔夺得了辉煌。

现在的运动场上已经不仅仅是拼智慧、拼体力了，更重要的是拼科学技术水平。很多时候，0.1秒的差距很大程度就是差在了科学技术的较量之上，所以各个国家都非常重视这方面的研究。我国也同样如此，人们把所有能够想到的新技术、新材料统统用在了运动员的装备上，我们也期待着2008年我国的奥运健儿能够带给国人更多的骄傲和自豪！

（杨 力）

挑战极限之跳高

　　跳高运动大家都再熟悉不过了，甚至很多人都知道，现在绝大多数跳高运动员采用的都是背跃式起跳，而早前运动员们采用的却都是剪式跳。

　　实际上，男、女跳高这两个奥运会的项目设置在时间上相隔甚远。在第一届现代奥林匹克运动会上，也就是1896年奥运会的时候就有男子跳高了。而女子真正能够在田径赛场上跨越横杆的年代却是在三十多年后的1928年。

　　在中国的跳高运动员中，大家最熟悉的就是朱建华。他所创造的2米39的成绩，成为了当时的世界纪录。他在一年之内的三跳，每一跳都让国人无比兴奋。那么，继朱建华之后的我国第二个跳高选手，又应该是谁呢？他就是本文的主人公周忠革，他当时的最好成绩是2米33。非常可惜的是，就在朱建华和周忠革退役之后，我国的跳高运动可谓一落千丈，我们的很多运动员甚至连韩国和日本选手的成绩都无法超越。

　　有人说，在中国的跳高运动员面前横着一个"鬼门关"。这里所说的"鬼门关"是指什么呢？就是横杆放置在 2 米 30 的高度，对于很多中国选手而言，2 米 30 似乎是一个无法跨越的珠穆朗玛峰。

　　而今的周忠革已经在北京体育大学继续深造。他一直在梦想着，有朝一日能把自己的经验传授给更多的年轻选手，希望他们能够超越 2 米 30 这个"鬼门关"。

　　2002 年，周忠革走马上任了。他所面临的第一个问题，就是要选拔优秀的跳高人才。这个时候，来自黑龙江的跳高小将张树峰来到了他的队中。时任北京体育大学国家队跳高教练的周忠革说："他是当时的全国少年第二名，跳 2 米 19，他最大的缺陷就是身高不足。"

　　身材高的跳高运动员，身体重心高，在起跳高度上就占有一定的优势，可以跳得更高。由于身高不足，当面对自己崇拜的跳高名将周忠革教练时，想要拜师学艺的张树峰心里担心极了。他想："教练会不会收我？"那时候周教练手下有两三个能跳过 2 米 20 的队员，而张树峰的身材条件不如他们，因此他非常担心。

　　然而事实证明，这种担心有些多余了。虽然在周忠革看来，张树峰的自身条件有些美中不足，但还是看中了他那难得的爆发力。在周忠革看来，爆发力好的运动员对于跳高运动来说是非常难得的，爆发力才是跳高运动最根本的、最基础的，也是最重要的素质。

经过科学的论证，周忠革决定为张树峰量身制定一整套科学严密的 3 年期训练计划。据周忠革介绍："这个计划包括心理的、生理方面的内容，还包括训练的时间分配，甚至包括教练与队员之间如何相互配合。"周忠革认为，张树峰本身水平比较高，起点也高，因而要通过这些技术性的训练来弥补他身高的不足。

然而，3 个月时间很快过去了，张树峰心里却对周忠革教练的训练方法产生了困惑，他说："这个计划在技术方面，完全跟我以前学的东西不一样。原先教练要求过杆，现在却要求助跑，天天要求我练习助跑，我都快不会跳了。"就这样。每天除了助跑还是助跑，3 个多月时间里，张树峰的脑海里也全是助跑。

那么，周教练为什么要让张树峰不停地练跑步呢？他又不是一个短跑运动员，应该让他练跳高才对啊！

原来，经过周教练认真的分析后提出，想要创造出来更好的跳高成绩，运动员必须先在跑步上面下工夫。简言之，跳高运动就是要求运动员把水平方向上的速度和能量加升到一定程度之后，才能获得更高的往上走的能量。

怎么能够提高人跑步的速度呢？物理上有一个量素，叫做动量，也就是 MV。M 指人的质量，V 是速度，在质量一定的情况下，速度越大所获得的动量也就越大，这也就是周教练拼命让张树峰练跑步的原因。

那么，对跑步速度起决定性的因素有哪些呢？一个是频率，腿迈得够不够快；另一个是步幅是否拉得非常开。如果速率上去了，步幅也非常大，那跑步的速度自然也就上去了。在这样的情况下，将有利于运动员在起跳的瞬间把水平方向的能量转移成向上抬升的力量。

张树峰感到自己完全不能适应周忠革教练的训练手法，原来能跳过 2 米 20 的他，在经过一段时间的训练后，跳高成绩直线下降，到后来，训练时连 1 米 90 都过不去了。

就在张树峰为自己跳不高而苦恼的时候，周忠革教练却又要求他在助跑的同时，要降低重心跑。这一次技术动作的改变，让张树峰更加迷茫了。

他说："教练要求我将重心降低了去跑，并且是平稳地往前跑，这是我最茫然的。当我尝试着降低重心跑的时候，速度变得非常慢，就像在散步一样。"

并且，张树峰感觉自己似乎完全不会跳高了，以前在体校里所学的一切技术动作都被清零了一样。那一年让张树峰感到很痛苦，他甚至说自己都想放弃，回家去算了。

细心的周忠革教练发现了张树峰的情绪上的波动，为了让他理解自己的教练意图，他不停地同张树峰交流着自己的想法，为他讲解着技术动作的理论依据。

事实上，跑步时的重心位置是非常重要的。打个比方，如果在百米跑的时候，没事就回头看看背后有没有人，成绩肯定不理想。有人会说，这是因为回头分散了注意力，速度自然就降下来了。不过，运动专家的说法可不是这样。运动专家认为，就在转身回头看的时候，人的重心位置已经发生了改变，耗费了过多的能量，造成了大的风阻，所以速度也就降下来了。

周教练就在观察小张的跑步过程中，发现他跑步的姿势有问题，他是像袋鼠一样跳着跑，这样一来，他的重心也就上下上下发生位移。毫无疑问，这样肯定会影响他的助跑速度的，所以周教练一定要改变他跑步的方式和姿势，形象地说，就是由袋鼠变成猎豹。当猎豹冲向猎物的时候，它的身子几乎贴在地上，四肢尽量展开，这样重心才能够不发生太大改变，而是维持在一个水平面上。

张树峰在听了周教练的具体分析后，认识自己还是有必要跟着周教练继续练下去，完成周教练所说的由袋鼠到猎豹的转变。

转变的过程是痛苦而漫长的，张树峰回忆说："这个过程让我苦恼了整整两年，在这两年时间里我一直在不断进行技术模仿，天天练习髋关节的灵活性。"通过练习，张树峰的步幅在开始不断加大，速度也开始慢慢提升，以前要跑六七秒的距离，后来3秒就能跑下来了。"

张树峰的助跑速度越来越快，周忠革教练觉得可以开始着手纠正他的身体重心问题了。

人的身体重心位于髋部，调整好身体的重心是跳高运动员过杆技术的关键。为了克服地球的引力，跳得更高，人类在跳高姿势上也想尽了各种办法。

1864年，英国运动员麦其尔跳过了1米67的高度，这是当时人类历史上男子跳高的最好的成绩。那时候人们认为，人类不可能跳过两米。

跳高历史上先后被运动员采用的跨越式、滚式、剪式、俯卧式等姿势，在过杆的时候，身体的重心无一例外都是在杆上。

1965年，美国运动员福斯贝利采用背越式轻松突破两米大关；1993年，古巴运动员索托马约尔同样用背越式突破了2.45米的大关。

运动员采用背跃式跳高姿势过杆时，身体会形成弓形，与各种跳高姿势有明显不同。

采访北京体育大学教授熊西北介绍说："身体形成弓形以后，就会形成重心在横杆的下边，人就可以越过横杆了。而其他的姿势，都必须是重心在横杆以上才能越过横杆。因而从力学的道理来讲，背跃式比其他的姿势更经济更省力。"

熊教授的话简单地说就是，在相等条件下，运动员采用背跃式就能越过更高的横杆。

张树峰采用的就是背跃式过杆技术。他不明白，为什么周忠革教练非要自己在杆前起跳时要身体重心后仰，同时做出髋的支撑动作呢？这时应该使劲往上跳才对啊？那时候，他天天在想这个技术要领，可怎么也琢磨不明白。

张树峰说："跳起来的时候，在空中很难控制角度，有时候不稳，有时候倒杆了，或者直接打杆，还没倒做背弓人已经过去了。"

训练过程是枯燥乏味的，跳高成绩总也不见提高，张树峰有些灰心丧气了，他怀疑自己是不是跟错了教练。

周忠革教练意识到了张树峰的这种情绪，他很

为这个少年担忧，他说："他不说话，不愿意跟别人交流，这是最可怕的。这时候教练首先得把握住自己不能发脾气，如果连自己都控制不了，又怎么能控制运动员呢？"

周忠革教练想尽各种办法来关心鼓励张树峰，让他树立信心，明白这个技术动作所包含的力学原理。他解释说："首先，支撑主要是指支撑重心、稳定重心，如果稳不住重心就会支撑不住，而支撑不住重心，就肯定跳不起来，所以实际上是支撑在跳。"

这个起跳瞬间的支撑动作，相当于一个停顿，可以使运动员把水平助跑所获得的速度转换成一个向上的力量，将全身的力量集中在一个点上，使人腾空越过横杆。

在周教练的启发下，张树峰猛然顿悟，他觉得自己一下变清醒了，也知道了教练所教授的方法是对的。

经过不断地磨合，张树峰越来越佩服周教练了，他觉得自己应该完完全全听从周教练的指挥，忘掉过去的一切，投身到这种全新的训练方法中去。果然，他的训练成绩开始逐步回升，在2005年十运会上，他跳出了2米24的成绩，获得了冠军。

面对这个荣誉，张树峰非常高兴，但他没有想到，他的老师，也就是周教练，心里却是非常沉重的。因为对于周教练而言，是希望能把自己的一身本领传

授给新一代的跳高运动员，希望他们能突破2米30的大关。但是，2米30和2米24之间虽然只有短短的6厘米，可谁都知道，体育比赛中的1秒、1厘米、1千克，却是需要运动员用无数的汗水才能得到的。

那么，张树峰能不能突破2米30呢？

周忠革说："我们每天都是以2米30为标准制订训练计划的，我每天都按照计划约束他执行，只有这样，他才能达到2米30的高度。在我看来，这是原则问题，不能让步；这是科学训练，不能让步，

这是很严肃的问题。"

此后,尝到科学训练甜头的张树峰训练变得更主动了。他更加信任周忠革教练,两人成了无话不谈的好朋友。在技术训练上,他们共同研究钻研得也更加细致了。张树峰曾说:"有时候我们想一个技术问题,哪怕是半夜12点,我们也会把拍摄的录像带拿出来看,教练会指导说,今天的倒数第二步不对,我一看录像,这一步确实小了,于是第二天再重复练习。"

再往后,周忠革教练更深层次地向张树峰讲授了一些他不知道的跳高原理,讲得非常透彻,包括每个肌肉怎么用力拉长退让,怎么拉长收缩、退让收缩。张树峰在了解这些原理后,很快进入到一个成绩的提高期。

2005年这一年,张树峰的跳高平均成绩都在2米25以上,状态非常好。

后来,周忠革教练决定让张树峰在即将举行的全国田径锦标赛上挑战2米30的高度。为此,他决定要加强张树峰的跳高专项肌肉力量练习,使他的支撑动作更加有力量。

然而,赛前的大运动量训练,使张树峰有些吃不消了。他说:"高强度的训练让我非常难受,甚至产生了一种抵触感觉。我想调整一下,有一天我跟教练说:'我今天不练了。'教练也没有说话,他知道我累了,也知道我有种抵触心理。考虑到马上要比赛了,教练就说:'那你不练了,彻底回去休息吧。'可是休息了一天以后,我越想越不对,没办法,还得练!"

就这样,师徒二人同2米30较上了劲。

为了让赛前张树峰的心理不受任何干扰,周忠革教练从生活上无微不至地关心他。晚上张树峰睡觉了,他却不能睡,要帮张树峰数呼吸的次数,还要测量他的脉搏,看看他是不是紧张了,如果做梦的时间太长了,周教练还要赶紧叫醒他。

2006年8月7日,在全国田径锦标赛跳高赛场,张树峰站到了2米30的横杆面前。这时候,场上已经没有对手了,第二名的成绩才2米20,张树峰要做的就是挑战自己。

这时,全场的观众都紧张起来,唯独周忠革教练不紧张,他说:"我一看他的眼睛就知道，他胸有成竹，没有问题。因为从他的眼睛里我看到，他没有半点杂念，没有后顾之忧，他的心中一片空明，他来到这里就是来比赛的。"

而在张树峰的心里，除了兴奋就没有别的什么感觉，甚至连周围的观众说话大喊都听不见了。

就这样，张树峰开始了助跑，他事后回忆说："跳的时候，我觉得在空中停留了很长时间，因为背弓压得很大，在空中有个彻底停顿。"

虽然身在半空，但他清楚地知道，这一次自己已经跳过去了。等身体落在垫子上，还没等落稳他就直接蹦下了垫子。他非常高兴，不断地挥手向场外的教练示意，师徒俩一起欢呼起来。

张树峰在周忠革的训练下，终于突破了 2 米 30 这个高度。这一成绩的取得令在座的田径界人士都非常高兴。

这一成绩预示着，张树峰已经成为新世纪以来第一个成功挑战 2 米 30 高度的中国跳高选手。他也是继朱建华之后，打破我国跳高比赛沉闷局面的第一人。由于他的出色表现，人们在他身上寄予了太多的期望，因为跳过这个高度就意味着，他已经走上了世界级强手的行列，打开了通向世界比赛的大门。

张树峰曾经说过："通向 2008 年奥运会的道路非常遥远，我期待着自己能够成为像朱建华一样的跳高运动员。"我们希望在 2008 年奥运会的田径赛场上，能够看到张树峰那矫健的身姿，希望他能为中国队夺得宝贵的奥运会跳高奖牌。

（刘　臻）

挑战极限之铅球

　　19.78 米，我国铅球项目的男子最好成绩，是 1990 年由马永峰创造的。然而十几年过去了，始终没有人突破。

　　目前男子铅球世界纪录是 23.12 米，亚洲纪录是 20.54 米。而 20 米则是中国男子铅球选手必须要面对的一道难关。

　　2003 年，王平教练培养出来的很多选手，因为各种各样的原因，离开了训练队。这让他感到非常伤心，就在这个时候，他却发现有一个来自内蒙，名叫张奇的小伙子没有离队，而是留下来继续参加训练。而这个张奇，正是日后创造我国新的男子铅球纪录的张奇。

　　早在 1998 年，张奇就慕名拜师来到了国家级教练王平的铅球队。

　　在王平教练的印象中，张奇的身材条件并不是十分理想，他说："最让我不满意的地方就是身体特别僵硬，力量很大，但动作特别僵，所以一开始我只是把他当成一般队员去对待。"

　　的确，当时国家铅球队的队员身高大多都在 1.93 米以上，而张奇才刚刚

1.89 米，并且还给人一种矮矮胖胖的感觉。

铅球运动属于田径比赛中的投掷项目，而投掷项目似乎一直是巨人与胖子垄断的运动，因为在这类运动里，一些物理规律是无法避而不谈的：投掷运动员身体越重，就可能产生更大的惯性，从而让被投掷物在出手时，能够获得更大的反作用力；运动员个子越高，被投掷物出手点就越高，就能投得更远，所以身材高大的运动员，一出场便给观众必胜的信心。

从这个规律来看，张奇的身体条件并不是太理想，可王平教练却不这样认为，他说："对运动员投掷技术的训练才是最重要的，如果小个子运动员学会了科学地运用力量，也能弥补身高的不足，创造出好成绩。"

王平教授还曾分析说："我们的队员在身材和身体素质上，和国外运动员的差距是比较大的。欧洲运动员的身体非常壮，身材也比较高大，这是我们不足的地方。"尽管从先天条件来讲，我们的队员存在一定差距，但是王平教授却对他们充满了信心，他说自己很想证实一下，中国人到底能在铅球这个力量项目中取得怎样的成绩。

就这样，王平教练收下了张奇，而张奇也下定决心一定要在名师的指点下练出个名堂。

训练的第一天，王平教练就给了张奇一个下马威："你要吃苦头了，你肯定不会像现在这么轻松。这个苦你能不能吃？"张奇马上回答说："教练你放心，我肯定能吃苦。"王平对他的诚恳态度非常满意，他决定从那一天起，把自己多年积累的经验全部用在张奇的身上，并且当场和张奇达成协议，师徒俩相互配合，共同进步。就这样，他们开始了下一步的训练。

随着田径运动的实践和体育科学的发展，推铅球的姿势也发生着变化。从古老的上步推球方法，变为侧向滑步推球，在 20 世纪 50 年代初期又发展为背向滑步推球，在 70 年代又发展出旋转推球技术。

可是，为什么人们要不断地改变投球的姿势呢？

影响投掷距离的有三方面的因素，一个是出手角度、一个是出手高度，还有一个是出手速度。而影响出手速度的又有出手时间、作用力、工作距离等因素。所谓出手时间，就是把铅球推出去的时候，离开手的那一瞬间。工作距离是指推动铅球运动的整个过程。

在作用力一定的条件下，工作距离越长，出手速度也就越高。这一点很好理解，我们用枪来做一个比方，熟悉枪械的朋友都知道，在枪膛里都是有膛线的，对于一支普通的手枪而言，因为枪管短，于是它的作用力，也就是火药的推动力，子弹在枪管里转动的时间就短，换言之，就是工作距离短，所以手枪的射程有限，枪口动能有限。如果给这支手枪的枪管加长，在子弹不变的情况下，也就是火药提供的推动力不变的情况下，枪管变长了，子弹出膛时候的速度就会更高一些，因而射程也就会更远一些。

对于铅球运动员来说，他们的手臂就好比枪管，只有获得了更大工作距离，才能保证他的成绩。所以投铅球的姿势由最初的侧向转 90 度的投掷方式，现在已经完全改为了 180 度（转身投球），这样做的目的，也就是为了加长工作距离。很多运动员上场之后，使劲抖自己的手臂，让自己紧张的肌肉松弛，就是希望能够提供一个更长的工作距离。工作距离长 1 厘米，最后的成绩可能就会有天壤之别。

王平教练针对张奇的身体特点，为他制定了与众不同的训练方式，就是要提高他的出手速度。一个铅球的质量大约是 7 点几千克，可王教练给张奇的却是一个空芯铅球。他为什么要这么做呢？

原来，这个铅球是王平教练专门找人定做的，它的重量比比赛用的标准球轻。王平教练解释说："因为球的重量轻，运动员在做动作时会更容易一些，也便于他真正把所有能力全作用上去，同时还能够保持他的速率。如果一开始就让他用重球，运动员很可能不具备这种能力，他推铅球时的动作就会变形。"

王平教练认为在张奇最初的训练中，使用轻球开路的方法是很有必要的，可以使他的技术动作更规范，便于练出更快的出手速度。以后，随着张奇年龄的增长，教练又开始了新的训练方法。

王平教练说："张奇成年以后，为了保持他的出手速度，我又采取了交替换球的方式。我认为即使到了高水平时期，也不应该放弃轻球的训练，因为它可以训练运动员的神经感觉和肌肉感觉。"

就这样，王平教练分别采用轻重球交替训练的方法，加快了张奇的出手速度。

然而这一天，教练王平不知又从哪儿找来了几根大木头桩子。在这天的训练课上，教练竟然不让他再扔铅球了，而是改为扔起木头桩子了。

张奇感到十分奇怪，这究竟是为什么呢？

王平教练解释说："这种方法对他练幅度非常有好处，工作距离加长，他的肩也就打开了。"

张奇这才明白王平教练的良苦用心，他开始配合教练细细地揣摩起技术动作来。他发现，推出来的棍子在中间转，就表明推球的点没掌握好；要是

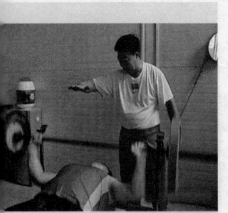

推出的棍子是静止不动的，像标枪一样就出去了，就表明把力用在重心点上。这种不会转动的情况下，表明运动员的力是用足了的。

张奇憋着一股劲努力训练，千百次重复学习着技术动作。可他发现自己出手速度加快了，工作距离加长了，可铅球还是扔不远。

他把疑惑告诉了王教练，没想到，这次王平教练又让他接着学习推一个又大又轻的实心球。这又是为什么呢？

按照王平教练的理论，实心球实际就是解决运动员的整体快速用力，重量加大以后，运动员局部用力多了，实心球拿着就会很放松。他说："推铅球看着好像就是胳膊、腿用力就可以了，实际不是那么回事。真正能把铅球推好的人，他的体会是用手指尖把球弹出去了，有这种感觉就对了，这也是最成功的。"

我们都知道，推铅球的动作必须是一气呵成的，它是整个身体所有的肌肉，从上肢到下肢完完整整的一次配合。由于张奇的协调能力感觉并不是很好，很多动作也不是很连贯，所以王教练就采用大实心球的训练方法，希望依靠这种方法，能够让他的节奏感更强一些，能够把这些单点的局部动作，汇聚成一个整体的连贯性非常强的一套动作。

2003 年，张奇在城运会上拿了冠军，成绩是 18.30 米。张奇通过这段训练看到了自己的潜力，于是，师徒俩又将目标瞄向了 19 米的大关。

然而经过一段时间的训练之后，张奇发现无论自己怎么努力，铅球成绩却只在 18.50 米左右徘徊，怎么也不能再向前突破了，直到 2004 年 6 月，仍然没有实现 19 米的目标。

19 米，看似相差不大，其实差之千里，就连王平教练都说："从 18 到 19 米，这个坡是非常难爬的。"

为了让张奇尽快突破 19 米，王平教练决定加大他的训练量。

大强度训练后，张奇感觉自己的身体反应很大，他说："我觉得有些练过劲儿了，练得我都感觉不到心脏跳动了。有时候训练回来躺在床上，一睡就十多个小时睁不开眼，一到晚上就四肢抽筋，就得坐起来揉。"

这种现象让一直非常注意科学控制张奇训练强度的王平教练产生了怀疑，是不是张奇的训练强度过大了呢？在王教练的安排下，北京体育大学的科研人员对张奇的肌肉力量及血液中的红细胞数量、乳酸浓度进行了测试。

因为，如果没有这些数据作为参考，教练员很难判断运动员现在练到了什么程度，如果增加的运动量过大，就需要进行调整，需要减少运动量。

然而检测的数据显示，张奇的运动量是合适的，他的身体并没有疲劳过度。那为什么他训练后的反应会这么大呢？王平教练觉得，这里边肯定有其他原因。他找来张奇进行谈话。

原来，因为运动成绩怎么也突破不了19米，要强的张奇感觉心理压力非常大，整个人快崩溃了。那一段时间，他一看到铅球就烦，一拿球就碰壁。对自己感到失望张奇开始天天玩起了游戏。

正是因为张奇迷恋上了玩电脑游戏，休息恢复不好，这才大大影响了他的训练。王平教练痛心疾首，难道自己培养的这颗铅球运动好苗子又要再次夭折了？突破中国男子铅球20米瓶颈的愿望真的遥遥无期了吗？

现在有一本书非常流行，名叫《细节决定成败》，书里说，高手过招的时候，往往就是一两招决定了最终的结果。练铅球也是如此，用王教练的观点来看就是，好的铅球选手很难从他们身上找到特别大的技术缺陷，但是小毛病每个人都会有，而这些小毛病加在一起，最终会影响运动员的成绩。

看到张奇的情况后，王平教练决定下一步的训练就是针对张奇身上的这些小细节，从这些细节入手来进行，而首先要解决的就是他滑步过慢的缺陷。

经过这一次的调整，张奇的情况果然有了改观，连他自己都说："改完之后，脚底下滑步跟马达似的，就好像肢体以前被分成各个零件，而现在一下子都组装好了。"那之后，张奇感觉自己就像是一部以最高功率运转的机器一样。

在王平教练的精心指导下，张奇无论是体能还是技术水平都在上升。那么，他能够突破19米大关吗？

这一天没有让王平教练等得太久，不久之后，在日本进行的一场比赛中，张奇终于过了19米的大关。

此时，王平教练决定将自己多年来想突破 20 米大关的夙愿告诉张奇。

听到教练给自己提出的要求，张奇心理压力很大。本来很有实力的他，在国内的比赛中却全都败下阵来。他感到非常沮丧。这时候，王平教练对他进行了开导，他打了个比方："这就像登山，越往高处攀登的时候就会越难。比如我们爬珠穆朗玛峰，爬到 5 000 米时，有一半人下去了；爬到 6 000 米时，你可能会感觉呼吸困难，这时候你要进行调整，再加上坚定的意志，才能去冲上 8 000 米的高峰。"

在王平教练看来，张奇已经具备这个"登顶"的实力了。他对张奇说："如果你发挥得好，你的成绩还会再高一点，关键是你场上有没有这种霸气，能不能形成这股霸气，你只要战胜你自己就可以了。"

2005 年 10 月 20 日，张奇站在了第十届全运会的铅球场地上。那天他看上去非常冷静，身体活动非常兴奋，他感到身体里的血都在沸腾，而此时，场外的王平教练却紧张得话都说不出来了。

比赛开始了，张奇轻松地将铅球推出，裁判开始测量成绩。那天他感到测量的时间很长很长，足足有 10 分钟那么长，后来，又有 3 个主裁判去进行确认。10 分钟以后，场上的显示屏上打出了他的成绩，20.15 米。看到成绩的那一刻，王平教练从座位上一跃而起，举起双手欢呼起来。

张奇也异常兴奋，他对前来采访的记者说："我终于给自己交了一份满意的答卷，100 分的答卷。"

20.15 米，打破了马永峰在 15 年前创造的 19.78 米的原全国纪录，这一成绩证明，中国男子铅球终于有实力向世界级的成绩冲击了，虽然这其中还要经过一段很长很长的路，但是我们相信，有了这样的教练，有了这样的运动员，我们离奥运金牌的距离并不遥远！

（刘　臻）

挑战极限之自行车

自行车在我国是人民普遍使用的交通工具，从记忆中的永久、飞鸽老名牌到现在的高档山地车，自行车的演变可谓日渐翻新。虽然一辆车的售价一千多元已不算稀奇，但是四五万元甚至十多万元人民币一辆的自行车可能就会令人惊讶了。那就是比赛用的自行车。

我国骑自行车的人虽然很多，但是在世界级比赛中取得的好成绩却很少。在2004年雅典奥运会上，江永华在500米计时赛中夺到了银牌，而这个项目在2008年北京奥运会上就没有了。至于我国的男子选手，能跻身世界前列的实在是少之又少。很多人不由得产生了这样一个疑问：我们中国男子运动怎么了，难道连自行车都拼不过女子选手吗？这其中到底是什么问题存在呢？能不能改变这个面貌呢？

这些问题不仅我们在考虑，很多资深教练员和运动员也在思索着。

首都体育学院的延烽教授是一名研究自行车训练理论的专家，可生活中的他却根本不会骑自行车。

2002年，他曾作为访问学者前往俄罗斯体育大学深造，是国际运动训练理论权威马特维耶夫教授的弟子。导师对他说："2008年我要去你们的奥运会，我希望你能够让中国的运动员表现出他们的风采。"

导师的话让延烽教授倍感压力，他不断地思索着，如何才能将自己多年研究的先进训练理论同实际训练结合起来呢？

2002年，河南体育局邀请延烽教授出任河南省自行车队短距离项目组总教练。这给了他一个理论联系实践的绝好机会。一直搞理论研究的自己能否带出一支好的自行车队呢？延烽怀着忐忑不安的心情来到了河南队。

可是队员的情况却十分不理想，延烽回忆说："当时的队员都是从各个队淘汰下来的，一共有19人。"

延烽教授分析了组里队员的情况，觉得只有高亚辉的骑车成绩稍好一点。可是，就是这样一个成绩稍好的队员，也是一个默默无闻的运动员，而且专项技术很差，骑车的时候都是拉把，速度完全快不起来。

可延烽教授不知道，此时的高亚辉也正经历着人生道路上的两难抉择。

一直以来，高亚辉都是参加长距离项目组的自行车比赛，可他觉得自己并不适合长距离比赛，比赛成绩总是上不去。这时，高亚辉的家人开始劝说他放弃自行车运动，一起到贵州做生意。高亚辉犹豫着，自己是否真的到了应该离开自行车运动的时候了？

这位后来成为全国十运会自行车男子凯林赛冠军的高亚辉在父母的带领下，到贵州玩了一圈，想要借此忘掉自行车运动。可他发现，自己不论在什么地方，心里还是放不下自行车。这时，他听说队里成立了短距离项目组，由北京来的延烽教授执掌教鞭。他的心又动了。

高亚辉担任了这支新队伍的队长，他决心要从延烽教授那里学点真东西。这时他发现，延烽教授当教练果然与众不同，他居然给队员们上起了文化

课。在延烽教授的计划里，队员们每周要上一次古典文学课，因为延教授觉得现在的年轻人缺少中国传统的文化道德素质。而在他看来，要想当冠军，首先就必须要具备当冠军的素质和人品。

在教授文化课的同时，延烽教授又开始给队员们讲授专业课，将自行车运动中的力学结构、力学原理灌输给队员们。

高亚辉以前从没有听过这些专业知识，他觉得这个教授教练看来还真有两下子。

可到了专项技术训练课，高亚辉又感觉有些迷惑了。他不理解，教练为什么不让练这个又不让练那个，心里找不到感觉。

高亚辉虽然每天照旧训练着，可他的心中却产生了抵触的情绪，他说："教练安排的训练我还是会照着练，但是从内心来讲，我不喜欢这种训练方法，因为这种训练的强度等各方面都达不到要求的标准。"

训练课上，延烽教授开始不停地纠正着队员们的专项技术动作。

不仅如此，因为山西队我国的强队，延烽教授还组织队员们去观摩山西队的训练的比赛。山西队员的所有动作的录像他都拍摄了下来，平时都拿给队员们看，一边看一边做讲解。

几个月的训练下来后，高亚辉惊喜地发现自己一千米的成绩提高了3秒多，他非常高兴。因为，对于自行车运动员而言，3秒钟是一个很大的提高。有人测算过，普通人骑自行车的时速在20千米左右，而运动员的最高速度则能达到每小时95千米，因而，在专业比赛当中0.1秒的时间可能就代表着六七个名次的差距。

就在运动员们全身心地投入训练的时候，有一天他们发现，一辆摩托车开进了赛场。

当摩托车高速行驶时，车身两侧的空气流速加快，在尾部形成一个真空状态的圆圈，车尾部和两旁就形成了低压带，而没有受摩托车影响的空气则保持高压状态。高压空气向低压处挤压，在车尾部就产生了气体涡流，这股气体涡流向前运动，会产生一定的推动力，跟在摩托车后面骑行的运动员就会更加省力，所以在自行车的日常训练中，摩托车常常作为运动员骑行时的引导，教练会让自行车队员排成纵队跟在摩托车后面骑行。

而这样做的好处就是，平时如果运动员自身骑行的最高速度能达到70千米时，用摩托车牵引，就能达到95千米，因而能提高运动员训练的功能强度。

人们发现涡流现象以后，把它广泛地运用到自行车比赛中。在比赛的开始阶段，运动员并不争做骑在最前面的人，因为做领骑往往比跟在后面的人费力得多，直到冲刺运动员们才会争先。在团体赛中，合理利用涡流现象，可以充分利用每个运动员的体能，协调全队的力量。队员纵队骑行并且不断换位置，使每个人在最佳状态下跑完全程。在跟骑中受涡流影响最大的是离领骑最近的人，因此他也是全队中最省力的。

高亚辉经过摩托车引导训练，成绩不断上升，可同时他也发现，自己的体力下降得很厉害。延烽教授想给队员们补充些营养，而这也不是一件容易的事。

队里的经费非常紧张，用延烽教授的话来说："当时艰难到什么程度，就是除了吃饭以外什么都解决不了。队员肚子饿了，我只能晚上给他们熬一点稀饭，里面放点糖，晚上一人一碗。"

延烽教授铁了心要将手里的这批队员训练成材，他一心扑在了自行车训

练上，一年回北京家里的时间还不到一个月。

顶着压力，教练和运动员居然就是喝着大米粥把这项运动坚持下来了。当时经费严重不足，可是运动员的自行车和穿戴装备却又非常昂贵。现在，无论是运动员的风帽和身上穿的衣服，还是自行车的设计，各国都在尽可能地使用最新的材料，目的就是为了降低空气阻力。而用于场地赛的自行车，它的后轮整个都是封闭的。为什么在场地赛当中要使用这种封闭的后轮呢？

延烽教授说："封闭轮是 20 世纪 60 年代在自行车界逐步发展起来的。这种封闭轮不用辐条，整个车轮是用两块板把它包起来，用碳素纤维材料做的。"

科学家们发现，自行车在骑行过程中，辐条和车轮的钢圈都有可能产生影响速度的空气阻力，因此科学家们考虑，使用一种独特的封闭轮来克服车轮自身带来的空气阻力问题，在自行车场地赛中，封闭轮被采用了。

车子后部的封闭轮在高速运行时，由于空气流动方向与骑行方向一致，会产生较大的惯性，这样就会产生一个助力，骑起来会更加省力。但是，并不是所有的自行车比赛都使用封闭轮，在公路赛或山地赛中由于骑行路线有很多拐弯，车轮横向摆动会产生较大的扭力，这是封闭轮所不能承受的，所以在公路赛或山地赛中很少使用封闭轮自行车。

使用封闭轮对成绩的提高作用是很明显的，据测算，在周长为 333.33 米

的自行车比赛场地中，使用封闭轮的成绩会提高 0.5 秒左右。

有了像样的装备，延烽教授开始着重对高亚辉的技术细节进行训练。很快，他发现高亚辉蹬车的频率怎么也快不起来。这该怎么办呢？

他决定进行技术创新，他自己设计制造了自行车运动员频率力量练习器。

运动员要想蹬得快，就要求肌肉必须收缩频率也快，而肌肉的收缩能力是要由神经支配的，延烽教授说："运动员在训练的时候，就要想办法提高神经系统的兴奋性，以及神经系统能够承受的强度。频率快的运动员神经系统的承受能力要比一般人强，神经兴奋抑制转换的能力也比较强，甚至神经放发冲动的强度和频率也要比别人高得多。"

经过一段时间的频率力量练习，高亚辉明显感到自己的蹬车频率加快了。

为了备战第十届全国运动会，延烽教授给队员们加大了训练量。场地附近有一个山坡有 700 米长，最大的一堂训练课队员们一共跑了 36 个来回。据延烽教授回忆说："当跑到 20 个来回以后，大家都跑不动了，高亚辉说，不行大家往上走吧。当时他也很累，但他坚持着领大家把 36 个来回都跑完了。这是我五六年的带队生涯里训练强度最大的一次课，这堂课让我很感动，因为我自己也当过运动员，我知道运动员在这种情况下很难受，也非常累。"

无论酷暑严寒，队长高亚辉都会每天认认真真地骑行在场地上，并且每

一圈都会尽自己最大的速度去骑。

在延烽教练的精心教导之下，高亚辉的成绩始终保持得非常稳定，整个河南自行车队的运动面貌也是焕然一新。那么面对新一届全运会的到来，全队上下团结一致，准备在全运会上打一个漂亮的翻身仗。但是这毕竟是一场比赛，充满了刺激和危险。比如场地自行车赛的比赛场，一圈长度是 333.33 米，但是场地的坡并不是平的，而是斜的，大约有 40 度的倾角，这就要求运动员在比赛过程中必须要保持一定的速度，同时还要对自行车有超强的操持能力。另外，比赛中切忌碰到前面运动员的后车轮，一旦发生这种情况，运动员往往会被摔得皮开肉绽，非常危险。正因为有这么多不确定因素，当比赛来临时，运动员们虽然很想打一个翻身仗，但是一想到这些细节，心里难免会有一些紧张。

为此，延烽教授在赛前动员会上向队员们说："越想要拿好成绩就越拿不到，无欲则刚，比赛时不要患得患失，不要去想拿奖金，也不要去想拿金牌！"

在延烽教授技术和心理教育的双重鼓励下，十运会比赛场上的高亚辉充满了自信，而这一次，他真的如愿以偿地拿到了冠军。他说："当我打电话把这个喜讯告诉家里时，家里人都高兴得哭了。在我们领奖的时候，延老师在底下也哭得非常伤心。能取得这个成绩，我们真的很不容易，我们毕竟是刚开始成立的队伍，有很多不稳定的因素，延老师也是顶着很大的压力在带我们。总之一句话，我们这几年过来得挺辛苦的。"

所有的平淡，所有的枯燥，所有的汗水都是为了最后这一刻的辉煌。高亚辉除了获得男子凯林赛的冠军之外，还和队友们共同获得了男子竞速赛的团体冠军。在第十届全运会上，河南省在男子短组自行车比赛中的表现出乎了很多人的预想，他们囊括全部 4 枚金牌，获得了大满贯。

走下冠军领奖台，延烽教练对队员们说了一句话："谢谢你们，你们的成绩证明了我的理论是成功的。"的确，在延教练的指导下，中国男子自行车运动让人们看到了明天的希望。

（刘　臻）

挑战极限之划艇

2004 年 8 月 28 日，中国选手孟关良、杨文君在雅典奥运会男子 500 米划艇决赛中，以 1 分 40 秒 278 的成绩夺冠。这是中国皮划艇项目的第一枚奥运金牌，也是中国水上项目在奥运百年历史上所获得的第一枚金牌，这一成绩实现了我国水上项目的历史性突破。

从皮划艇的外形上可以看出，它与世界上很多地方的原住民所使用的独木舟非常相像，而皮划艇运动的确也起源于北美地区印第安人所使用的独木舟。皮划艇运动发展到现在，与独木舟已经有了很大的区别，但作为奥运会比赛项目，它的历史却并不久远，总共不过 70 年历史。直到 1936 年，它才正式成为奥运会的比赛项目。

早在雅典奥运会的备战期间，国家体育总局就提出了"119 工程"，就是希望我国选手能在游泳、田径和水上项目中，为国家夺得更多的金牌。因为我国要想在世界体坛的位置更进一步，必须要在这 3 个项目上打一个翻身仗。

功夫不负有心人，在 2004 年雅典奥运会上，我们终于看到了

来自中国的两位皮划艇选手，孟关良和杨文君实现了零的突破，一时间，他们的名字被大江南北的人们所传唱。但是，辉煌毕竟只属于过去，如果我们想在水上项目上更进一步，就必须培养出来更多的像孟关良和杨文君那样的年轻选手。

就在5年前，孟关良、杨文君曾经的教练张宏伟看上了一员小将，而这员小将在被张教练看中之前，从来都没有接触过皮划艇项目。

2003年，方文清带着对划艇的好奇心，开始接受张宏伟教练的训练，然而事情并没有像他想象的那样好玩。

方文清说："当时教练每天让我练习跑步，在荡桨池里练习，刚开始觉得挺新鲜，几天之后就觉得没意思了，而且越划越没意思。尤其是跑步太累了，教练还不让我下水，特别枯燥。"

整整3个月过去了，张宏伟教练仍然在陆地上对方文清进行着训练，而方文清也每天重复着这种枯燥的生活。

张宏伟教练是有着自己的打算的，这位武汉体育学院划船教研室的主任兼副教授说过："这个项目成绩的提高可以通过技术来体现，因为这项运动技术含量相当高，所以我

们早期主要是抓运动员的基础身体素质训练，然后就是技术动作的规范化。"

然而，此时的方文清却早已对陆上训练烦透了，他总对别人说："说是让我到这里来练划船的，却又不让我下水，我心里烦，真不想练了。"

张宏伟对他的情绪琢磨得一清二楚，但他还是坚持着自己的那套做法，用他的话来说，就是要强压制运动员："一个是磨炼他的耐受能力，第二个是打牢他的基本功，让他有一种强烈的上船的欲望，这样等他将来上船时能掌握得更快一点，也能更积极、更投入一些。实际上这也是磨刀不误砍柴工，现在先把基本功打好，然后再转到水上就更快一些。"

直到有一天，张宏伟教练认为已经完成了陆地上的训练计划，教会了方文清一些划艇的基本规范动作后，他才决定让方文清下水。

这一天，方文清盼望已久，也记得十分清楚，他说："有一天教练突然问我：'想不想下水？'我说：'好啊。'当时我感觉挺高兴的，扛着船就下水去了。"

第一次抱着划艇下水的方文清兴奋极了，终于盼到这一天了，终于可以在水里划船玩了。可事情却大大出乎他的意料，他在划艇上竟然怎么也站不稳。

皮划艇非常窄，与水的接触面积很小，所以这项运动要求人、船和水三者之间的协调与配合。运动员首先要克服的是平衡关，一个运动员的身体素质再好，如果过不了平衡关，上了船也不可能操纵好。这就好像《水浒传》里浪里白条张顺在水里教训李逵一样，别看你李逵在岸上是黑旋风，到了水里就得乖乖听我张顺的话，因为李逵习惯在陆地上生活，一旦上了船他就站不住。对于小将方文清而言同样如此，首先必须要过平衡这一关，如果连船都控制不住，何谈让船发挥出最快的速度来呢？

在张教练指挥之下，方文清经过训练，很快过了平衡这一关，可是很快一个新的问题又出现了。

站在划艇上的方文清发现，自己驾驭的划艇老是在水面上转圈，怎么不能像别人那样直线向前呢？

对此，张宏伟教练的解释是："初学者通常是一侧用力，这就肯定要在水里转圈。要让他投入到比赛，就要让他学会划直线。于是，我教他在拉桨、用力的过程，以及出水的过程中，有一个转拨桨动作。"

方文清每天下水，练习着转拨桨技术，慢慢地，他终于可以将划艇划直了。他这时才意识到，这项运动完全不像自己想得那么简单。

教练还让他每天跟在老队员后面划，那时的方文清看到老队员比自己划得快多了，完全追不上，他意识到自己还差得很远。

这时候，张宏伟教练决定在规范方文清技术动作的同时，加大他的训练量。从那时起，方文清感觉身体反应大了，每天划完之后，感觉身体很僵硬，浑身酸痛。

枯燥的训练生活，再加上每次划船训练都远远落在最后，方文清有些自卑了，感觉心里很不是滋味，他说："那时候天天落在后面，感觉自己像跟屁虫一样。"由于方文清性格比较内向，所以他的内心感受从来不告诉别人，始终闷在心里。

但是，张宏伟教练还是看出了方文清情绪上的波动，他在鼓励他继续努力的同时，开始给他讲划桨的技术原理。他说："我们的技术难点，一个是桨，一个是人和船体，一定要想办法把这三者的关系理清楚。比如桨这个工具，要想办法找到一个支撑点，利用这一把桨，通过身体、腿部的用力，用身体带动船，使船往前推进。"

实际上，方文清的郁闷是所有初学划艇的运动员都会遇到的普遍问题。初学者都会觉得奇怪：我在陆地上的训练素质不比别人差，到了水里也在拼命用力地划桨，可怎么划艇就是划不快，总是落在后面呢？其实，方文清的问题在于，他没有把整个身体用力的顺序理清楚。

那么怎么才能正确的发力，使划艇快速向前滑行呢？可以做一个形象的比喻，比如滑雪运动，运动员用滑雪杖作为一个支点，撑在雪地上，身体和雪橇同时往前发力运动，推进身体快速向前滑行。划艇运动也是同样的道理，运动员的桨在水中仅仅是用来找到支撑点的一个工具，利用作用力和反作用力的原理，人和船共同往前发力，做到人船合一，才能使船飞速向前。方文清原来认为，只要大力用桨划水，船就会飞速向前，这个观点是根本错误的，所以他越是拼命想把划艇划快，结果反而越快不了。

在张宏伟教练的辅导下，方文清逐渐明白了这里边的道理，他更加刻苦

训练起来。因为，他心中暗自有了一个想法，他下定决心要超过老队员们。

从此，方文清发狠似的训练起来，他的运动成绩也得到了迅速提高，很快他就将老队员们一一超越。

对方文清的每一点进步，张宏伟教练都看在眼里，他觉得自己没看错，这是一个可以造就的划艇运动员的好苗子。他说："教练员选拔运动员，要的就是有一种拼劲，要的就是这种气质，这是一个优秀运动员必须要具备的。"

张宏伟教练为方文清制定了一套以技术发展为主的训练计划，还为方文清设定了一个目标，划 1 000 米距离，突破 4 分 05 秒大关。因为，如果能达到 4 分 05 秒以内，就基本上接近我国的高水平，具备夺冠的实力了。

可是，这个速度成绩对于仅有 17 岁的青少年方文清来说，却是在挑战他的技能、体能极限。确定这个目标后，方文清开始了更为艰苦的户外水上训练。

张宏伟教练还记得，每次训练完以后，方文清浑身都冒虚汗，全身颤抖。有一次，他让方文清连续划了 8 个 500 米距离，划到第 7 个以后，方文清实在滑不下来了，就躺在了码头上。

那一天，一向坚韧的方文清有了放弃的念头，他说："实在太累了，真的有一点想放弃，可是看到别人取得好成绩之后，又想去超越他们，心里很矛盾。"

方文清对大强度的训练课逐渐失去了耐心，有一次甚至与教练爆发了冲突。张宏伟教练说："小方在一次计时过程当中，前面 5 次都达到了标准，第六次没有达标，我让他重新再划一次。他当时就跟我急了，啪的一声，就把桨给摔了，说：'我不划了，我上去。'我当时很恼火，气得把水杯都扔到水里面了。"

是放弃划艇训练还是继续坚持下去？方文清犹豫了。

对此，张宏伟教练感到痛心，他说："可能他是一个天才，但是在半途因为某些问题掌握不了，可能会出现夭折，这对运动员，尤其是一个有潜质的

运动员来说，非常可惜。只要坚持下来了，就可能会走向更高的水平。"

就在这时，2004年8月28日，中国选手孟关良、杨文君在雅典奥运会男子500米划艇决赛中，以1分40秒278的成绩夺冠，实现了奥运会中国水上项目零的突破。

看着孟关良、杨文君的夺冠风采，方文清心里激动极了，他没想到自己所从事的划艇运动项目里居然能出现这样的英雄。他在心里暗暗下决心，把夺取奥运会金牌当成了自己的梦想和目标。

从那以后，张宏伟教练发现方文清变了，原本就不太爱说话的他，开始每天更加刻苦自觉地训练。

方文清心中有了孟关良、杨文君这样的奥运冠军偶像，他的训练更自觉了。可他发现，自己的1 000米划艇成绩，总是在4分10秒左右徘徊不前，离教练提出的突破4分05秒的成绩还差得很远。

由于皮划艇项目包含的科技含量很大，处理好艇、水和人之间的关系是提高运动成绩的重要因素。方文清的1 000米运动成绩总是徘徊在4分10秒，张宏伟教练认为很有可能是因为他的腰部力量不够导致的，应该从腰部肌肉力量和腰部技术上进行调整。可方文清自己却不这么认为，他觉得自己的身体力量非常充沛，划桨很有力，也很舒服。此时，张宏伟教练觉得仅仅根据自己的经验和肉眼观察是很难做出正确的判断的，为了找出方文清划桨技术的症结所在，他决定请来武汉体育学院的韩久瑞教授，准备用仪器对方文清

进行一个测试。

武汉体育学院韩久瑞教授同科研人员一起，用他们为划船运动项目设计的划艇测力、测速系统，对方文清的肌肉力量进行了测试。

测试结果表明，方文清上肢力量用力过多，峰值比较高，而腰部力气却相对较弱，峰值比较低。这一结果说明，教练员的判断是正确的。

找出了方文清肌肉力量的不足点，张宏伟教练

又请韩久瑞教授为方文清进行了一次桨力的测试。如果运动员基础力量很大，但是在每桨的做功力量上却不一定会反映出来，这就说明他的技术不算很好。

划艇运动员在船桨出水的瞬间，船速是最高的，这时运动员必须要做一个有力的顺髋动作，将身体重心以超过船速的速度向前位移，然后再划桨，这是利用惯性，给高速滑行的划艇一个加速度，这样可以使船跑得更快。

那么，方文清腰部力量较弱对他的运动成绩的提高会有什么影响呢？

张宏伟教练介绍说："腰肌力量是整个力量的传导，在出桨的一瞬间，完成身体动作的位移，如果在转换第二个动作的过程中没有衔接好，就像一个人开车时，在路上不断地刹车，这必然会影响船速成绩。"

经过科学的检测数据分析，方文清找到了自己技术动作的缺陷，在教练的指导下，他一方面加强腰部的力量练习，一方面对划船时腰部的技术动作做了进一步纠正。

而今已经成为全国青年皮划艇锦标赛双人划艇冠军的方文清说："改完技术动作之后，我感觉在用力方面比以前好多了，身体的每个部位都可以用上劲，船速也提升了。"

这天，又是一个训练的好天气。张宏伟教练决定让方文清冲刺1 000米4分05秒大关。也就是在这一天，方文清终于突破了划艇1 000米4分05秒大关！

从小将方文清的身上，我们可以深刻地体会到竞技体育的拼搏精神。在张宏伟教练的科学训练下，方文清从一个顽皮的少年，逐步被打造成一个优秀的青年划艇运动员。

2006年7月，在全国青年皮划艇锦标赛上，方文清与队友配合勇夺双人划艇冠军。我们相信，这只是他成长历程的第一步，他未来的路还很长，还有全国冠军，亚洲冠军，甚至奥运会冠军等他去拿。从方文清的成长故事中，我们也看到，正是许许多多像张宏伟教练这样敬业、爱业的体育专业人士，在运动员背后无私付出，才使我国的体育事业长盛不衰。

（刘　臻）

百刃之君

　　提起击剑，人们可能会联想到阿兰·德龙扮演的游侠佐罗。他那为民除暴的侠义形象使人难以忘怀，但更让人难以忘记的，是他精湛的剑术。

　　没错，在中世纪的欧洲，盛行用两把剑来决定生死之争。交锋之前，双方都要举剑于眉间向对方敬礼致意，即便是生死之争，也不失骑士风度。剑术曾一度备受人们的推崇，因为过去的人都仰仗着一把剑和一匹战马来鏖战沙场。然而，随着科学技术的发展、火药的发明和枪炮的诞生，现代武器的使用，剑术已逐渐失去了军事价值，转而向强身健体、表演比赛的方向发展，于是，击剑运动应运而生了。

　　击剑运动起源于欧洲，对于我们亚洲人，这项运动则显得比较陌生。

　　剑术的历史已经有三千多年了，在欧洲历史上，曾出现过不少剑术大师，他们有的是王公贵族，有的是行侠仗义、劫富济贫的侠客。因此，剑术备受人们的推崇。

击剑源远流长，既神秘典雅，又惊险刺激，于是发展成各国人民喜爱的体育运动。

1896 年第一届奥运会起，击剑就被列为正式比赛项目。从一开始，这个项目就是西方人的天下，直到 20 世纪 70 年代，中国的击剑运动开始崛起，尤其是女子击剑选手，她们对欧洲的冠军地位发起了强有力的冲击。这些女选手中有一位被誉为"东方第一剑"的中国女子——栾菊杰，30 年前，她血染马德里、一剑挑破了欧洲选手对击剑金牌的垄断，然而，谁能想到，这一切却与一把断剑有关。

30 年前的西班牙马德里，在第 29 届世界青年击剑锦标赛上，前苏联选手扎加列娃和一位中国选手站到了赛场的中央。

在欧洲人的一片惊叹中，这位中国击剑选手竟然凭借着细腻的剑法杀入了半决赛，她就是栾菊杰。然而，一轮激烈的拼杀之后，意外发生了，赛场上发出了一声刺耳的断裂声，对手的剑重重地刺在了栾菊杰的无效部位上，这一剑刺得又快又狠，剑身承受不住剧烈的变形，突然断裂开来。

折断的剑头飞射出去，惯性作用让断剑扎进了厚厚的击剑服，刺进了栾菊杰的左臂。

在接下来进行的决赛中，现场的人都发现，栾菊杰的动作逐渐失去常态，看台上也发出了一片嘈杂。比赛结束后，当身体透支的栾菊杰走下击剑台时，人们才知道，她被扎加列娃那一剑刺伤，已经坚持了两个多小时。这时，鲜血早就浸透了厚厚的击剑服，往外流淌，仔细检查后才发现，受伤部位内侧的伤口被刺开了花，肌肉向上翻卷着。

既然受了伤，栾菊杰为什么要隐瞒伤情继续比赛呢？因为她知道，如果不隐瞒伤情，场外监督一定会让她退出比赛。栾菊杰是左手握剑，左上臂受伤对她意味着什么她非常清楚，但是，如果不拼这一次，中国人第一次进前三的梦想又要被推迟了。就这样，栾菊杰毅然忍住了剧烈的疼痛，一剑刺破了欧洲垄断剑坛的格局。

6 年之后，在 1984 年洛杉矶奥运会上，栾菊杰为中国队夺得首枚奥运女子花剑金牌，这也是亚洲选手的第一块奥运击剑金牌。这块金牌，直到现在都没能被复制。

也许，正是因为那一把短剑，那一次刻骨铭心的伤痛，让栾菊杰更加坚毅。应该说，这样严重的伤害事故，在击剑运动的历史上几乎是绝无仅有的。要了解击剑运动，我们就从这把断剑说起。这把剑到底是什么材料制成的？它又是怎么断裂的呢？

现代击剑分花剑、重剑和佩剑 3 个剑种。历史沿革中，花剑最初用于战斗训练，重剑由决斗剑演化而来，佩剑则源于骑兵使用的弯刀。

花剑——

横截面形状：长方形

总长度：110 厘米

重量：500 克

有效部位：躯干

击中方式：刺

重剑——

横截面形状：三棱形

总长度：110 厘米

重量：770 克

有效部位：全身有效

击中方式：刺

佩剑——

横截面形状：梯形

总长度：105 厘米

重量：500 克

有效部位：上半身

击中方式：刺、劈

中国自古就有着有关铸剑的记载，北宋沈括曾在《梦溪笔谈》一书中说到他造访磁州锻坊，观看炼铁，并见识了当时的一把宝剑：有人将 10 支大钉钉入柱中，挥此宝剑一削，钉子全部截断，剑锋却丝毫无损。那么，击剑运动的造剑流程与中国的传统铸剑有哪些不同呢？

胡阿章，上海佳英体育器材厂有着 50 年造剑经验的一位老师傅，被人们亲切地称为"阿章师傅"。他曾经为奥运冠军栾菊杰亲自造过剑，当初，为了让栾菊杰能在奥运赛场上发挥出好成绩，针对她的身材条件，阿章师傅在造剑时曾经大胆地动过一次小手脚。

阿章师傅回忆说："当时栾菊杰的剑按规定是 90 厘米，我把它弄短了 1 厘米。

至于为什么要短 1 厘米，阿章师傅说："短 1 厘米剑身就会更轻，这样便于她使上手劲，比较灵敏。"

别看差别只有一点点，就是这样的一次小改动，成为了 1984 年栾菊杰奥运夺冠的秘密武器。然而，当阿章师傅得知这个消息时，竟然不敢相信那是自己的功劳，直到栾菊杰给他发来感谢信。

和传统的兵器剑不同，击剑运动所用的剑是不需要开刃的。而一把纤细的剑，竟是用一块不起眼的原钢炼成的。

在阿章师傅的造剑厂里，我们看到了一次完整的造剑流程。我国的剑基本靠手工打制，经过打磨、抛光，开槽，藏线，安装剑头，剑柄等过程，一块粗糙的原钢就成了最终运动员手上拿着的成品。

很多人都奇怪，为什么击剑运动员的身上会挂那么多线，这些线到底起到了什么作用？其实，这和剑头有很大联系。剑头是一个精巧的弹簧电动头，它扮演着一个开关的角色，当它承受的压力达到一定程度时，就会自动连通计分器。

运动员身上的这根导线，一头则连通着电子计分器，一头连接着击剑运

动员的特制衣服，形成一个环形电路，所以，当一方击中对方有效部位，剑尖达到有效压力时，开关启动，这个回路就通上了电，计分器就开始计分了。

剑身所用的特殊钢材，叫做弹簧钢，用弹簧钢制作而成的剑条有很好的柔韧性，可以连续弯曲一万次以上。而能否弯曲一万次，则与铸炼过程中微小的温度变化有关，温度过高或过低都可能导致剑身柔韧性受到严重的影响。

早在20世纪五六十年代，我国生产的剑条有一个不太好听的绰号——面条剑。我国造剑的工艺虽然不比国外差，但是，由于使用的材料比较低廉，过去制造的剑条寿命远远比不上进口剑。

关于这一点，阿章师傅深有体会，他说："有人说我们的剑是面条剑，像面条一样软绵绵的。因为当时我们既没有经验，又没有技术数据，确实不能达到要求，别人也不喜欢用我们的剑。"

剑身软，电动头接触不良，剑条打起来飘，这使得中国剑在推广时吃了大亏，国际剑联甚至不认可中国剑作为比赛用剑。为了扭转中国剑的尴尬处境，胡阿章和当时造剑厂里的其他技术人员不厌其烦地穿梭于各个击剑队中，走访了许多运动员，针对他们训练中遇到的实际问题，逐步研究分析，攻克难关。今天的中国剑，早已甩掉了面条剑的绰号，走向了世界。

阿章师傅介绍说："现在中国剑很受海外市场欢迎，约有50%的中国剑流向世界市场。"

虽然造剑的钢材能连续弯曲几万次以上，但是，击剑毕竟是需要力量和速度的运动，在双方攻守对打中，运动员往往神经高度集中，或者揣摩估测对方反应，或者突然爆发赢得进攻主动权，由于瞬间用力过猛，而剑身所能承受的力度又是有限的，再加上剑身材质老化等因素，在运动员训练过程中，出现剑被击断的现象也就不足为奇了。

任何一项体育运动都会有危险的一面，在 1982 年的世界击剑锦标赛上，苏联花剑冠军斯米诺夫在比赛中被对手击破面罩，当场死亡。看到这里也许有人会有疑问，击剑运动那么危险，为什么还能沿袭到今天？其实，早在 1776 年，法国击剑家拉·布艾西就发明了护面，使击剑开始了有了防护设备，从此，击剑就已经逐渐远离了流血和伤痛。

事实上，击剑发生伤亡事故的概率还是很低的，并且国际击剑联合会早已针对这些事故制定了严格的安全规则，以确保选手们的安全。首先，他们改造了击剑设备，护面用一种抵御抗击力度较强的钢材制造而成，而击剑服则用十分坚韧的材料制成。因而我们在观赏这项运动的时候，我们可以放心享受决斗的气氛，而不用去担心它的危险性。

击剑的面罩，由一种特殊的金属网制成，每个网眼的长度不超过 2 毫米，能承受 160 千克重的冲击力，布质的护颈要下伸到锁骨，以保证运动员头颈部的安全。

而击剑服则由质地结实的复合面料制成，可以抗 80 千克以上的冲击力，它的强度足以抵挡剑的劈刺。据说，这种面料用刀是扎不进去的，穿在运动员身上，就像是一件防弹服。

恐怕在所有的体育运动中，击剑运动员们的穿戴是最讲究最复杂的了。除了一层又一层的上衣，还要穿一件由金属或其他硬质材料制成的护胸。从上衣到裤袜，每一件击剑服装的规格和材料都必须符合特殊的抗击指标和硬性要求。

此外，因为花剑和佩剑比赛时，计算分数的有效部位分别是躯干和上半身，所以，花剑和佩剑运动员最外层还要穿一件有效部位的金属外衣。这种金属外衣能直接导电，当剑头刺中衣服时，计分装置的计分系统就启动计算。

运动员们的穿戴已经够讲究了，但是，让人万万想不到的是，击剑的教练服更是大有讲究：教练员的衣服要比运动员的衣服要厚十倍。

击剑的教练服用一种高强度的牛皮制作而成，重约 80 千克。这么沉的衣服，击剑教练几乎天天都得穿着，为了让运动员熟练攻击动作，巩固劈刺训练，

教练经常要一对一亲自教学，以身试法，把活人当作剑靶。

除此以外，击剑运动员脚下踩的剑道也至关重要。因为在击剑时，运动员的脚一刻不停地前进后退，寻找最佳攻击角度或防守位置，所以，在练习和比赛时，为了防止打滑或者摩擦过大行动不便，工作人员通常会在地上铺上一层特制的细沙，给剑道制造一定的摩擦力。

有人说，击剑运动是最辛苦的，在厚重的击剑服下，他们总是在负重出击。八一队的教练就曾说过："穿着这套衣服，别说动了，就是站着也辛苦。"

长时间的练习让运动员们损耗了大量的体能和汗水。别看击剑运动员个子都比较大，其实普遍身体很虚，因为他们的能量都用在负重出击上了，他们每天都在不断地挑战自我，突破自己的极限。

也有人说，为击剑运动员铸炼剑条的造剑师们是最辛苦的，为了调试出手感合适、坚韧耐打的中国剑，他们在电光火石中挥洒着劳动的汗水。

在短短十几分钟的比赛中，凝聚的是击剑运动员的汗水、造剑工人和技术专家的劳动智慧和心血，所以，他们都是非常辛苦的。现代击剑是一项智者运动，为了战胜对手，必须不断分析对手，在盘根错节的赛场上，通过观察判断，排除假象，辨别真伪，捕其本质，以迅速准确的结论指导自己的行动。既要斗勇，更要斗智，击剑比赛紧张激烈，对抗性强，持续时间长，运动员需要具备勇敢、果断、顽强和克服一切困难的意志品质。

正由于击剑运动的这些特点，通过击剑可以让人学会拳击手的灵活，跳高运动员的腿法和棋手的专注。而今，击剑运动早已不是遥不可及的贵族梦想，而是走进了普通人的生活中。现在，在各大城市都能看到击剑训练的俱乐部，普通老百姓们也可以像打乒乓球、羽毛球一样，在里面随心所欲地练习，去感受一下这项悠久的运动。

（刘臻）

走近科学
Approaching science

奥运火　航天心

这是火与纸的完美结合，是古老文化的传承和发扬，是现代科学智慧的精湛杰作。

是什么让"祥云"魅力四射？是什么让圣火熊熊燃烧？是一颗忠诚和坚定的奥运心，在传递奥运圣火中尽显中华神韵。

2007年4月26日，中华世纪坛。2008年北京奥运会的火炬设计的最终结果在这里揭开了她神秘的面纱，一款名为"祥云"的奥运火炬在众多候选方案中脱颖而出。

"祥云"长72厘米，上半部分镌刻着多姿的云彩图案，这也是最具中国特色的文化符号之一，因为在中国的许多古建筑上，祥云的身影都随处可见。而"渊源共生，和谐共融"的深刻含义则赋予了"祥云"更为深厚的民族精神。传统的纸卷轴造型来源于四大发明的灵感，用纸来包火，则更是设计者独具匠心的体现。除此之外，火炬外观的红色基调与上部银色的对比，更加营造了一种独特的视觉效果。

随着2008年北京奥运会的临近，人们给予奥运会的关注越来越多。作为传递奥运精神经久不息的象征物——火炬，更是受到了社会各界的广泛关注。当"渊源共生，和谐共融"的"祥云"展现在人们眼前的时候，这纸与火的对立和统一足以让每一个人为之震撼。不仅外形超凡脱欲，其内在"人文奥运，科技奥运"的理念，更在"祥云"身上得到了充分的展现。

而今，火炬的外观设计和深厚的文化内涵早已深入人心，但是，火炬的内部燃烧系统究竟是什么样的，恐怕就没有多少人知道了。

我国自古就有万事图个吉祥如意的说法，奥运火炬在传递过程中一旦熄灭，未免会让人觉得遗憾，所以怎样才能保证"祥云"熊熊燃烧就成了社会各界所关注的问题。奥运火炬是奥运会形象景观的重要环节，而火炬接力也已经成为传承奥林匹克精神的重要载体。然而，在历届奥运会的火炬传递过程中，以及火炬点火交接仪式上，曾多次出现火炬突然熄灭的尴尬局面，这不免会给世界人民留下深深的遗憾。那么，我们的奥运火炬该如何避免出现熄火的状况呢？据说，"祥云"火炬能承受住8级以上的大风而不熄灭，那么，这个高科技的产物究竟应用了哪些科技手段呢？专家们又是怎样做到的呢？

在"祥云"火炬外形确定以后，这个历史性的艰巨任务交到了中国航天科工集团三院三十一所的专家们手上。

刘兴洲，中国工程院院士，航天发动机专家，奥运火炬项目的负责人。虽说摆弄了一辈子发动机，但要做出一个既不怕风又不怕雨的火炬还是头一回，所以面对难题时，刘兴洲院士丝毫不敢掉以轻心。

刘兴洲介绍说："最初中选的'祥云'火炬只是单独的外形设计，没有内部燃烧系统，任务交到我们手上以后，我们经过了多方研究，最主要的就是考虑内部燃料系统和外观的结合以及匹配。"可是，在匹配的过程中却出现了一些问题。"我们最初设计的火炬内部燃烧系统独立工作时比较正常，但是装到'祥云'外壳里以后就产生了不正常的情况。这个现象与整个火炬的流通通道的面积有很大关联，此外与火炬的构型也有一定关系。因为我们的'祥云'是卷纸形状，这个外形对燃烧是有影响的。"

联想集团所设计的"祥云"火炬在外形上可谓是独具匠心，却给负责内部燃烧系统的专家们带来了不小的麻烦。他们首先要解决的是外观和燃烧系统匹配的问题，也就是要将整个燃烧系统小型化。

邵文青解释说："小型化就相当于我们把有些零件经过加工以后，再把相对于原理性的部分组装起来，但是不使用庞大的管路，比如煤气罐来进行系统的实验，这样就相当于比较小型化了。这个实验的过程持续的时间比较长，期间主要是摸索系统整个链条的一个最终匹配性的过程。这个过程大约经历了2个半月到3个月左右的时间。"

邵文青也是这次奥运火炬项目负责人之一，火炬的具体试验研究工作就是由他来承担的。

邵文青曾说："坦白地讲，最开始的时候确实认识不到位。那时候我们感觉这根本就不是一件太难的事情，火炬这样一个小东西，和我们的发动机比起来是多么小的一个产品，但是，随着研究工作的深入，我们逐渐认识到，这个小东西里面的难题还真多。"

经过专家们的努力，火炬的燃烧系统终于可以和联想集团设计的火炬外形相匹配了，不过，这还只是万里长征走出的第一步而已，因为火炬防风防雨稳定燃烧才是问题的关键。那么，都有哪些因素会导致火炬熄灭呢？

据了解，历届在奥运会上都有火炬熄灭的情况，而原因更是多种多样。刘兴洲院士认为，一般情况下，大风、大雨以及燃料泄漏和温度的变化都有可能会影响到火炬火焰的燃烧，而在这些因

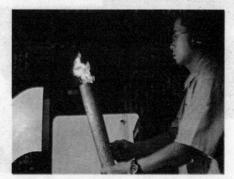

素当中，风对火炬的影响则是最大的！他说："怎样防风是我们所面临的一个最主要难题，因为风是多种多样的，有大风，有小风，有速度变化的风……所以在这一阶段，抗风的问题就成了我们首要关注的问题。"

可能许多人都会产生疑问，为什么风的因素对于火炬的燃烧如此重要呢？这还要从火焰的燃烧说起。火焰燃烧的关键就是燃料和空气要有适当的比例，如果破坏了这个比例，它就可能会熄灭。同时，空气的流速对火焰的影响也很大，一旦流速超过火焰的传播速度，也会产生熄灭，所以要解决火焰的熄灭问题，首先就要解决防风的问题。

邵文青总结说："北京奥运会手持传递火炬的要求一个是抗风、抗雨，另一个就是保持一定的可视性。考虑到这两个要求，我们很自然地想到，如果要保证火炬的抗风性能，何不用一个玻璃罩，这样既能保证可视性，又能保证挡风，上边还可以挡雨。"

但是经过尝试，玻璃罩的设计很快就被取消了，因为它不但增加了火炬的重量，还很容易脱落、摔坏，并且还影响了火炬的外形美观度。可是，还有什么更好的方法来解决防风的问题呢？

专家们很快将这个问题与发动的双火焰联系到了一起。邵文青进一步解释说："在我们航空发动机吸气发动机里，采用双火焰的原理是比较普遍的，因为发动机也存在熄火的问题。为了提高燃烧的可靠稳定性，避免中途发生熄火，我们通常会在燃烧室里面做一个局部的小型燃烧室。"于是，专家们提出了"双火焰"方案。

所谓"双火焰"方案，就是燃气流出后，一部分进入燃烧器的主燃室，在火炬外形成扩散得比较饱满的火焰；另一部分进入预燃室，

在火炬内保持一个比较小却又十分稳定的火焰。如果出现极端情况，主燃室火焰熄灭，预燃室仍能保持燃烧。邵文青笑着说："我们称它（预燃）为值班火焰，一旦主燃室里面的火熄灭了，通过这个值班火焰再点着，使火炬复燃。这个点燃的过程只需要零点几秒就可以完成，所以不会有明显的影响。"

经过多次实验，专家们一致定，"双火焰"设计能够极大地提高火炬的抗风性能。但是，火炬传递历时 5 个月，要走遍五大洲，在南北半球 25 个国家和地区进行传递，由于不同国家的自然环境不尽相同，天气因素又是变化多端，温度及风雨条件也不尽相同，"双火焰"火炬在不同的风速环境下又是否能经得住考验呢？为此专家们针对不同地域的风速条件进行了大量的模拟试验。

经过在不同风速条件下的多次模拟试验，专家们发现，"双火焰"的设计还是十分成功的。当风速由每秒 5 米逐渐增加到每秒 30 米时，火炬基本还能正常燃烧。事实上，当风速达到每秒 18 米时就已经是 8 级大风了，这说明"祥云"火炬具备很强的抗风性。不过，专家们也注意到，在试验过程中，有时风速并不高，反而火炬会出现熄灭的现象，这究竟是怎么回事呢？

刘兴洲说："风的形态是多种多样的，我们在实验室条件下主要是针对小风和大风进行实验，但是，自然环境下的风并不是恒定的，总是忽大忽小，而风的多变就会对火炬燃烧造成动态的影响。如果风速变化得太过迅速，一会大了，一会小了，这种动态的影响也会给燃烧造成困难。"

针对这种现象，专家们及时对火炬做了改进。

为了达到火焰的稳定，专家们从煤气灶的原理中受到启发，决定在火炬上面加一个盖，这样燃烧出来的火焰是一种平面的火焰，视觉上比较好看。可是，这种平面火焰的抗风性能却比较差，针对这个问题，专家们又将"热死王"移到火炬里面一个向下凹的位置，这样一来，火炬的抗风能力就得到了加强。

经过专家们的进一步改进，"祥云"的抗风性能得到了很好的提升，但难题却并未就此打住。因为，专家们除了要对火炬的抗风性能进行试验外，还必须对火炬的防雨能力进行考量。

邵文青指着火炬上面的一个引入口说："在对抗雨方面的设计，我们最终采取了这样一种方式。这个引入口一方面可以引空气，另一方面一旦雨渗进来，还可以通过这个孔流出去。"

经过反复不断的试验和改进，祥云火炬的燃烧性能已经大大加强，抗风雨能力也得到了提高与完善，可以说已经完全达到了北京奥组委对火炬技术指标的要求。于是，2006年12月16日中国航天科工集团将火炬内部燃烧器提交给奥组委。

邵文青回忆说："在做验收的时候，现场有人测试，包括风速从5米到30米、倾角40到45度的风向，淋雨实验等，都没有问题。应该说，我们确实按照奥组委的要求提交了一个满意的产品。"

就这样，火炬中心的专家们满怀信心地将经过反复测试的祥云火炬成功地提交到了北京奥组委。沉浸在喜悦中的他们本以为就此大功告成了，但是，令所有人没想到的是，2007年1月，就在北京奥组委正式向国际奥组委提交火炬时，国际奥委会的一位官员出于好奇，用嘴一吹，竟然将熊熊燃烧的火炬吹灭了！

那一瞬间，在场的人都惊呆了：我们的火炬在8级以上的大风条件下进行试验都是没有任何问题的，怎么一口气就能把它给吹灭呢？是火炬的性能不够稳定，还是那位奥组委官员有超强的气力呢？

火炬被意外吹灭，这个现象引起了火炬中心专家们的高度关注，因为他们知道，火炬本身是没有任何问题的，可是，他们却又是眼睁睁地看着那位奥组委官员用嘴把火炬吹灭的，这到底是怎么回事呢？

这次火炬被吹灭的事情出乎了所有人的意料，因为专家们事先并没有用这种方式测试过火炬。火炬被吹灭的事实令邵文青感到压力沉重，难道一年多的努力就这样白费了吗？不，一定要找出原因解决问题！

那么，火炬被吹灭到底是什么原因造成的呢？邵文青打算也用人进行吹风试验，寻找问题的答案。他说："我们专门进行了人吹风速的测定，通过测量发现，人吹的风速还真超出了我们的想象。"

经过试验专家们发现，只要劲儿足够大、角度合适，人是有可能将火炬吹灭的。测试显示，人能够吹出的风速不可小视，一个身体健康的人吹出的风速能够达到每秒 25 米左右。可是，在专家们之前所做的试验中，火炬能抵抗的最大风速不是每秒 30 米吗，这要远远大于人吹得风速，那么，火炬被人吹灭到底是什么原因造成的呢？

邵文青解释说："因为人吹风这个瞬间的时间非常短，还不到一秒钟的时间，这就相当于将原来的零风速在一秒钟之内一下子变成每秒 25 米，这样出来的风的加速度是非常大的。通过我们的一系列实验，也验证了火炬最怕的就是阵风。所谓阵风就是在瞬间风向突然发生变化，风的加速度非常大，这样的风对火炬来讲是非常可怕的。"

由此看来，是风的瞬时加速度造成了火炬被突然吹灭。可事实上，火炬被吹灭除了有风的因素以外，还有另外一个重要原因，那就是和火炬的外形设计有关。邵文青说："由于这个火炬在受风的时候，上面的云耳对火炬的抗风性能确实有很大的影响，而我们也通过计算证明，如果去掉云耳，在吹风或侧风的情况下，火炬的抗风性能会好一些。因此，我们得出结论，火炬的结构对抗风性能有一定的影响。"

邵文青所说的云耳，是"祥云"火炬的一个部位，它的外形看上去有些像人的耳朵，所以，专家们形象地把它称作"云耳"。可是，"云耳"为什么会影响到燃烧呢？其实这和它的形状有关。"云耳"上有一个凹兜，当人用嘴吹风的时候，风也顺势灌到火炬里面去了，而这个位置又正好在火炬的预燃室的正上方。前面已经介绍过，人吹出的风的加速度是很大的，而"云耳"的造型更有力于风的流通，所以，用力一吹火炬就熄灭了。

祥云火炬完美的外观设计与高科技内燃系统的匹配虽然存在着些许遗憾，但专家们也进一步证实，自然界中很少会有像人吹出来的这种加速度极大的阵风，所以火炬的抗风性是无需担心的。尽管如此，火炬中心的专家们还是针对火炬被吹灭的情况，将火炬进行了必要的改进。

邵文青介绍说："我们在预燃室上面加了一个顶盖，这个顶盖除了有侧棚以外，里面还有一个被我们称作'赤字'的隔板，这个隔板的作用主要是为了增强火炬抗侧风的能力。因为，如果这个顶盖中间没有东西的话，被侧风一吹，风很容易就能通过去使火焰窒息。加了侧板以后，也就等于在里面人为地隔成了一个相对的 4 个预燃室，所以火炬抗侧风的能力有了一定的提高，同时顶盖本身对抗风性能也有很大的提高。"

经过一年多的不断努力，航天专家们终于完成了奥运火炬的研发和改进工作，一件性能卓越的火炬终于展现在了世人的面前。

在研发成功的那一刻，许多参与的专家都禁不住喜极而泣。邵文青激动地说："我能够参加这份工作是非常光荣的一件事，是我一生的荣幸，因为奥运对我们国家来讲是百年不遇的一次大喜事，能够从事这项工作，是我的骄傲。"

刘兴洲院士也说："我们参加这项工作的同志都感到很光荣，所以我们曾提出过一个口号，就是'奥运火，航天心，航天心向奥运'。我们在研究火炬的过程中，大家都怀着一个美好的心愿，就是希望我们北京奥运会的火炬在同一个世界，传递同一个梦想，让北京奥运火炬的光芒照亮世界！"

从 2008 年 3 月起，"祥云"火炬开始了经历奥运历史上路线最长、范围最广、参与人数最多的接力活动。它承载着中华民族的奥运梦想穿越五大洲，到达世界 135 个城市，用奥林匹克的熊熊圣火照亮世界每一个角落。

2008 奥运圣火在以纸卷轴为造型的火炬中熊熊燃烧并传遍世界，它不仅表达了向世界传递华夏文明的美好愿望，也与追求和平、友谊、进步的奥林匹克精神完美吻合。北京奥运会火炬也将成为中国人民奉献给奥林匹克运动的宝贵遗产，将奥林匹克的精神永久传承！

（宋岩君）